당신의 마음이
따뜻해지면 좋겠습니다

배우 김지경의 인생 2막

당신의 마음이
따뜻해지면 좋겠습니다

김지경 지음

올림

모두의 마음이 따뜻해질 수 있다면

죽음을 마주해본 이들은 대부분 비슷한 결심을 합니다. 만약 다시 살 수 있다면 지금처럼 살지 않겠다고. 제대로 살아보겠다고.

죽음의 문턱을 건넜다 돌아온 건 아니지만, 멀리서나마 죽음의 문을 마주했습니다. 멀리서 바라보았을 뿐인데도 지나간 삶이 주마등처럼 흘러가며 후회가 쓰나미처럼 덮쳐왔습니다.

혼자서 세상일 다 하는 것처럼 바쁜 척했지만, 게으름을 피우며 허투루 보낸 시간도 많았습니다. 가족이 나의 전부라고 떠벌리고 다녔지만, 함께 시간을 보낸 적도 별로 없었고, 사랑한다는 말조차 제대로 해본 적이 없었습니다. 누가 뭐라고 하지 않았지만, 부끄러웠습니다. 왜 이렇게밖에 살지 못했을까? 좀 더 멋지게, 좀 더 잘 살 수 있지 않았을까? 그래서 결심했습니다. 만약 다시 산다면 지금처럼 살지 않겠다고.

그러자 한 가지 의문이 생겼습니다. 어떻게 사는 것이 잘 사는 것일까? 더 멋지게, 더 잘 산다는 것은 어떻게 사는 것일까? 돈을 더 많이 버는 것일까? 찐하게, 후회하지 않을 사랑을 하는 것일까? 호랑이는 가죽을 남긴다는데, 세상에 이로운 일을 해서 널리 이름을 남기는 것일까? 부자라고 다 행복한가? 유명한 사람들은 모두 행복한가?

갑자기 머릿속이 정지되었습니다. 하얗습니다. 아무 생각이 떠오르지 않았습니다. 지금보다 '더 잘'이라는 목표가 생기긴 했지만, 너무 추상적입니다. '더'라는 기준을 어디에 둬야 하는 걸까요? 모호합니다. 그러던 어느 날, 계시처럼 답을 얻었습니다. 너무 가까이에 있던 답을.

길을 걷다 활짝 핀 꽃을 보면 기분이 좋고, 행복해집니다. 꽃이 시들까 봐 걱정하는 사람은 없습니다. 우연히 마주친 아름다움에 흐뭇한 마음을 품고 가던 길을 갑니다.

우리는 삶이라는 여행지를 걸어가는 여행자입니다. 계절마다 꽃이 피듯 20대든, 30대든, 60대든 그 시기마다 그때 어울리는 꽃이 핍니다. 우리는 꽃과의 만남을 축하하며 기분 좋게, 행복하게, 가던 길을 가면 됩니다. 그 꽃을 활짝 피우는 것도, 시들시들 말라 죽게 하는 것도 우리의 마음입니다. 마음이 촉촉하면 꽃도 싱그럽고 탐스러울 것입니다.

나는 로맨스, 스릴러, 추리, 역사물 등 거의 모든 장르의 영화를 좋아합니다. 열린 결말도, 행복한 결말도, 비극적인 결말도 영화적 이유에서 결정지어집니다. 영화는 그렇다고 하지만, 인생은 어떤가요. 독신이든, 결혼했든, 명성 높은 학자로 살았든, 평범한 아이의 엄마였든, 삶을 비극적으로 끝내길 원하는 사람은 없습니다. 어떤 인생을 살았든, 우리는 그 끝이 해피엔딩이길 원합니다.

죽음을 앞에 두고, 해피엔딩을 생각했습니다. 하루를 살더라도 '지금', '행복'한 삶을 살아야겠다고 마음먹었습니다. 고백하자면, 지금도 쉽지는 않습니다. 많은 생각이 오락가락하며, 돌부리에 걸려 넘어지기도 하고, 기운이 다해 털썩 주저앉기도 합니다.

죽음의 문턱 앞에서 돌아왔다고 갑자기 득도하지는 못했습니다. 그렇지만 이전보다는 훨씬 회복이 빠릅니다. 삶에 감사하며, 행복합니다. 내 삶에 핀 꽃을 더 자주 보고, 더 가까이 느낍니다. 그 꽃을 모두와 함께 보았으면 합니다. 보기만 하는 것이 아니라 향기도 맡고, 촉감도 느끼며, 그 아름다움을 더 많이 즐겼으면 좋겠습니다.

해피엔딩(happy ending)은 진행형(ing)입니다. 지금 행복해야 마지막에도 행복할 수 있습니다. 힘들게 살아가는 우리 모두가 과감하게 삶의 굴레에서 벗어나 행복했으면 좋겠습니다. 분노도, 좌절도, 욕심도, 욕망도 죽음 앞에서는 아무 의미가 없습니다. 빈손으로 왔다가 빈손으로 가는 것일 뿐. 내일 무슨 일이 벌어질지 모르는데 한 달 뒤, 일 년 뒤 일을 걱정하면 무엇할 것입니까. 오늘, 나와 내 옆에 있는 소중한 것들을 한 번 더 바라보고, 그 아름다움에 홀렸으면 합니다.

이 책을 출간하기까지 오랜 시간이 걸렸습니다. 말은 꽤 재미있게 한다는 소리를 많이 듣지만, 글은 영 젬병입니다. 그래도 용기를 낸 까닭은 그동안 내가 겪고, 느끼고, 공부하고, 다시 느끼고, 깨달은 것을 많은 사람과 나누고 싶었기 때문입니다. 내가 좌절과 암흑에서 다시 일어설 수 있게 해주었던 것들을 더 많이 알리기 위해서입니다.

부족한 글이지만, 많이 아프고 힘든 사람들에게 조금이라도 위로와 힘이 된다면, 지금의 행복을 조금이라도 깨닫게 된다면 더없이 기쁘고 감사할 것입니다. 이 책을 다 읽고 덮었을 때 마음이 따뜻해지는 것을 느낀다면 반은 성공했다는 의미일 것입니다.

책이 나오기까지 많은 분들이 진심으로 도와주셨습니다. 특히 이 글이 완성되기까지 무조건적 지지와 응원을 보내주신 김말주 대표님, 멋진 글이 되는 데 큰 도움 주신 김진 대표님, 달디단 소리와 쓴소리를 솔직히 내어준 절친 세환이, 올림출판사와의 만남의 축복을 연결시켜주신 감사멘토 이춘선 국장님, 그리고, 내 삶의 가장 큰 지지자이자 후원자인 츤데레 아내 오연선, 아들 유이와 딸 재인에게 따뜻한 마음을 보냅니다.

마지막으로, 나를 살게 하시고, 나를 당신의 기쁨과 감사의 통로로 쓰이게 하신 하나님에게 감사드립니다!

2023년 8월

김지경

차례

2 우리는 생각이 너무 많다

3 나는 어른이 되고 싶다

4 지금이 두 번째 삶이라면

나의 인생, 나의 선택

사방을 둘러보아도

끝이 보이지 않는 막막함에 모두가 외롭고, 힘들다.

누군들 그러지 않을까.

예상치 못한
추락

나는 영화배우였습니다.

정말이냐고 묻는다면, 진짜입니다. 고개를 갸웃하시는 것도 이해됩니다. 이름 꽤나 날린 배우도 아니고, 이미 10여 년이나 지난 일입니다. 하지만 영화가 인연이 되어 광고도 여러 편 찍었으니, 영화배우라는 타이틀이 거짓은 아닙니다. 어쩌면 추억의 저 건너편 어디에선가 나를 기억해주고 응원해주는 이가 있을지도 모릅니다(그렇게 믿고 싶습니다).

내가 영화에 출연할 수 있었던 것은 장진 감독과의 인연 덕분입니다. 장진 감독을 처음 안 것은 20대 때였습니다. 영화에 관심이 많았던 나는 장 감독의 입봉작인 「기막힌 사내들」(1998)에 엑스트라로 참여했습니다. 촬영분이 통편집되는 바람에 영상은 없고 타이틀에 자막으로만 '덩치 1- 김지경'으로 등장하긴 했지만, 철야까지 하며 촬영한 작품이었습니다(대기 시간이 촬영 시간의 90%를 차지하긴 했지만 말입니다). 수많은 엑스트라 중 한 명이었던 나를 장 감독이 알 리 만무했지만, 인연이란 신기한 것이어서 우연한 곳에서 싹을 틔웠습니다.

영화 「킬러들의 수다」(2001) 색 보정 작업을 위해 장 감독이 2000년에 일본을 찾았을 때 나는 일본 유학 중이었습니다. 우연인지 필연인지 내가 장 감독의 통역과 가이드를 맡게 되었고, 그 인연으로 2001년부터 장 감독이 대표이사로 있던 필름있수다(현 디지털수다)의 제작 프로듀서로 일하게 되었습니다. 몇 년 후 개인적인 사정으로 아쉽게 퇴사했지만, 내려놓을 때 새로운 것을 얻을 수 있다고 했던가요. 장 감독이 퇴사 기념으로 내게 (단역이지만) 은행원 역할을 맡겼고, 그렇게 「아는 여자」(2004)는 나의 공식 영화 데뷔작이 되었습니다. 이후 나는 장진 감독의 영화에 일곱 번 더 출연했고, 영화판을 오가며 만든 네트워크로 라희찬 감독의 「바르게 살자」(2007), 김영탁 감독의 「헬로우 고스트」(2010), 강형철 감독의 「써니」, 정병길 감독의 「내가 살인범이다」(2012) 등 다른 감독의 영화에도 출연했습니다.

영화를 찍으며 나름 캐릭터가 생겼는지, 광고도 여러 편 찍었습니다. 엘지 유플러스, 삼성시스템에어컨, 불스원샷, 맥도날드, 비씨그린카드, 매일바이오, 한화생명, 박카스 등 꽤 굵직굵직한 광고에 출연했습니다. 많을 때는 내가 출연한 광고가 하루에 3편이나 나오기도 했는데, 브라운관에 비치는 내 모습을 보며 '저게 나 맞나?' 하며 어색해했던 기억이 납니다. 드물긴 했지만, 나를 알아보는 사람도 있었습니다. 승승장구라는 게 이런 거구나, 단어의 뜻이 저절로 이해되었습니다. 어쩌면 나도 송강호나 최민식 같은 대배우는 아니어도 존재감 있는 신스틸러가 될 수 있지 않을까, 달달한 꿈이 자꾸 꾸어졌습니다. 막 마흔에 접어든 때였습니다.

인생의 파고는 예측할 수 없습니다. 한창 즐거운 때 예견치 못한 아픔이 들이닥치고, 슬픔에 파묻혀 있을 때 슬그머니 기쁨이 찾아오기도 합니다. '새옹지마(塞翁之馬)'라는 말은 수천 년 넘은 인간의 역사를 통해 검증된 고사성어입니다.

가장 바쁜 시기를 활발하게 보내다가 한순간에 내동댕이쳐졌습니다. 나의 황금기가 이렇게 끝나는구나, 하는 생각이 들었습니다. 그러나 그것은 잠시였습니다. 솔직한 심정으로는, 드디어 올 것이 왔구나, 하는 생각이 들었습니다. 큰일이 일어나기 전, 전조라고나 할까요. 정신없이 바쁘게 살면서도 '이렇게 계속 잘나가도 되는 걸까?', '이렇게 사는 것이 맞나?'라는 생각에 늘 불안했습니다. 머지않아 무슨 일이 닥칠지도 모른다는 불안감이 무의식 속에 있었던 듯합니다.

당시 나는 가장 바쁘면서도 인생에서 가장 암울한 시기를 보내고 있었습니다. 형 문제로 골치가 아팠고, 산후우울증을 앓는 아내와의 관계도 최악으로 치닫고 있었습니다. 광고를 포함한 영화 출연은 오로지 개런티를 얼마나 부를지에 대해서만 고민했고, 밀려드는 일의 스케줄을 조율하는 것도 엄청난 부담이었습니다. 주변 사람들은 나를 배우로 인정해주었지만, 나 자신은 스스로를 배우로 인정하지 못했습니다. 진짜 배우가 되고 싶은 사람은 어떻게 해서든 감독에게 잘 보여 배역을 따내고 싶어 했지만, 나는 어떻게 하면 좀 더 그럴싸한 변명으로 거절할까를 고민했습니다. 그리고 그런 마음을 사람들에게 들킬까 봐 노심초사했습니다.

처음으로 가장 많은 돈을 만져본 시기였지만, 돈이 근본적인 문제를 해결해주지는 못했습니다. 눈앞에 닥친 문제를 해결하기보다 회피하기 위해 밖으로 나돌았고, 자신뿐만 아니라 다른 사람의 진심까지도 외면했습니다. 문제가 내가 감당할 수 있는 범위를 벗어나고 있다는 것을 알고 있었습니다. 그러나 달리는 기차를 내 마음대로 멈추게 할 수 없는 것처럼, 그만두고 싶었지만 나의 방황은 계속 이어졌습니다. 그 순간 일이 터진 것입니다.

양쪽에서 고무줄을 당기면 팽팽해집니다. 어느 즈음에서 놓아주어야 계속 고무줄을 사용할 수 있다는 걸 압니다. 하지만 그 사실을 무시하고 계속 잡아당기다 보면 어느 순간 고무줄은 탱, 끊어지고 맙니다. 늦출 줄 모르고 팽팽하게 당기기만 하던 나의 활은 부러지고 말았습니다. 훗날 깨달았습니다. 잘나가던 그때가 내 인생의 황금기가 아니라 진짜 황금기를 위한 준비 단계였다는 것을. 그리고 병은 내게 더 나은 삶을 위한 기회가 되어주었다는 것을.

우리는 모두 목표를 찾아 인생이라는 망망대해를 떠돕니다. 저마다 살아남기 위해 열심히 헤엄치는 중입니다. 바다에서 살아남기 위해서는 파도를 타야 합니다. 파도에 저항할 것이 아니라 흐름을 타야 합니다. 저항하면 물을 더 많이 먹고, 포기하면 바다에 빠집니다. 파도에 몸을 맡기고 흔들리다 보면 언젠가는 섬에 안착할 수 있을 것입니다. 그곳이 내가 목표했던 섬일 수도 있고, 전혀 예상치 못했던 새로운 땅일 수도 있습니다.

인생의 무게

딸과 장난치다 넘어지면서 화장실 문 모서리에 정통으로 무릎을 부딪쳤는데, 며칠이면 낫겠지 했던 것이 일주일 내내 통증이 가시지 않았습니다. 동네 병원을 찾았더니 큰 병원으로 가보라고 했습니다. 순간 덜컥 겁이 났지만, 마음을 다독이며 별일 아니겠지 했습니다.

대학병원에서 암이라는 진단을 받았습니다. 나와 아내는 무덤덤했습니다. 의사가 골육종에 관해 설명해 주었지만, "독감입니다"라는 말을 들은 것처럼 평온했습니다. 드라마처럼 까무러치게 놀라는 일도, 얼굴이 사색이 되는 일도 없었습니다. "선생님,

저 좀 살려주세요."라고 애원하며 매달리지도, 흐느끼지도 않았습니다.

대범해서 그런 것이 아닙니다. '모르는 게 약'이라는 말처럼 일단 골육종이라는 병명을 몰랐습니다. 게다가 병명 자체에 위암이나 간암처럼 암이라는 글자가 없었습니다. 마음이 편했습니다. 무식하면 용감하다고, 막연하게 간단한 시술만 받으면 될 거라고 생각했습니다. 결정적으로 암이 있다는 대퇴부(허벅지)에 통증이 없었습니다. 나중에 안 사실이지만, 골육종은 재발과 전이가 다른 암보다 쉽고, 뼈를 20cm 이상 잘라내야 하는 심각한 병이었습니다.

사람이란 참 우스운 것 같습니다. '인생은 가까이서 보면 비극이지만, 멀리서 보면 희극이다'라는 찰리 채플린의 말이 딱 내 상황과 맞아떨어졌습니다. 암이라는 진단을 받았을 때는 덤덤했지만, 수술 때문에 일정이 꼬이자 불안하고, 다급해졌습니다.

생애 가장 바쁜 시기를 보내고 있던 내 수첩은 스케줄로 빽빽했습니다. 영화 후시녹음, 광고, 행사 MC 등 몸을 두 쪽이라도 내고 싶을 만큼 바쁠 때였습니다. 물론 대학병원보다 바쁘지는 않았습니다. 병원의 수술 일정과 입원실은 일 년 이상 꽉 차 있었습니다. 의사도 병원도 무시무시하게 열심히 돌아가고 있었습니다.

하지만 주치의가 하늘이 내린 능력자였습니다. 여기저기 전화를 몇 번 돌리더니 없던 병실이 생겨났고, 도저히 안 될 것 같던 수술 일정에 틈이 생겼습니다. 이틀 뒤로 수술이 잡혔습니다. 감사한 일이었지만, 전혀 고맙지 않았습니다.

"선생님, 혹시 수술을 한 달만 미뤄도 될까요?"

표현은 부탁이었지만, 일방적인 통보였습니다. 당장 입원하라던 주치의가 황당해하던 표정이 지금도 생생합니다. 하지만 내게 중요한 것은 수술이 아니었습니다. 통증이 없는 암보다 수입이 끊기는 것이 더 무서웠습니다. 게다가 약속을 취소하면 위약금을 물어야 했습니다. 위약금도 위약금이지만, 신용에 금이 가는 것이 더 걱정이었습니다. 그때만 해도 골육종 때문에 10년 넘게 고생하게 되리라는 것을 몰랐습니다. 얼마 지나지 않아 일상으로 돌아갈 수 있을 것이라 철석같이 믿고 있었습니다. 수술을 취소할 것인가, 스케줄을 취소할 것인가. 고민은 짧았고, 선택도 빨랐습니다.

약간의 노동과 시간 투자로 천만 원을 벌 기회가 생겼습니다. 단, 조건이 있었습니다. 취소가 안 됩니다. 어느 정도의 위급한 상황이 되어야 천만 원을 포기할 수 있을까요? 선뜻 생각이 나지 않습니다. 내게 교통사고라도 나서 몸을 움직이지 못하는 것이 아닌 한, 천만 원을 쉽게 포기하지는 못할 것 같습니다.

나는 수술보다 돈과 신용을 선택했을 뿐입니다. 내게는 아내와 두 아이가 있습니다. 입원하면 한동안 경제활동을 못 할 것이고, 한 푼이라도 아껴야 한다는 생각밖에 없었습니다. 신용도 결국 돈과 직결된 문제입니다. 신용이 깨지면 앞으로 누가 나를 부를까요.

나는 잡혀 있던 일정을 모두 소화한 뒤 입원했습니다. 암은 한 달 동안 몸집을 약간 키웠겠지만, 내 지갑은 당분간 두둑해질 터였고, 조금은 안도할 수 있었습니다. 그깟 돈보다 몸을 먼저 생각하라며 걱정해준 사람도 있었지만, 그럴 때마다 나는 "괜찮다"며 웃어넘겼습니다.

인생은 선택의 연속입니다. 태어나는 것을 선택할 수는 없지만, 철이 들면서부터는 매 순간이 선택입니다. 아침에 눈을 뜨자마자 일어날 것인가 5분 더 잘 것인가부터 시작해 점심으로 김치찌개를 먹을 것인지 돈가스를 먹을 것인지도 선택이며, 공부를 할지 게임을 할지도 선택입니다. 취업을 할 것인가 창업을 할 것인가 같은 중요한 선택부터 탕수육을 '찍먹'할 것인지 '부먹'할 것인지 하는 소소한 사항도 모두 선택입니다.

결정적인 순간에 하나를 선택한다는 것은 생각보다 쉽지 않습니다. 용기와 결단이 필요합니다. 짜장면과 짬뽕 사이에서도 갈등하는 것이 인간입니다. 그러니 모두의 선택은 존중되어야 합니다. 선택의 결과와 책임은 모두 내 몫이기 때문입니다. 결과와 책임, 그것이 인생의 무게 아닐까요. 그 무거운 짐을 짊어지고 오늘을 살아가는 우리 모두, 참 대견합니다. 기특합니다.

고난 이후에
오는 것

　나의 첫 상업광고는 박카스였습니다. 평범한 사람들의 고단한 일상을 친근하면서도 따뜻하게 풀어내는 박카스 광고는 내가 평소 좋아하는 광고였습니다. 애정하는 광고에 출연했으니, 그 터질 듯한 기쁨과 영광을 어떻게 말로 풀 수 있을까요. 비록 거의 반라 상태에서 7시간 넘게 삼계탕 속 닭마냥 물속에 푹 담겨 있어야 했지만, 너무나 감사하고 귀한 경험이었습니다(박카스 '사우나' 편입니다. 유튜브에서 검색 가능합니다).

　광고 출연은 수입이 나쁘지 않았습니다. 많은 사람이 모델료를 궁금해하는데, 여기서 깜짝 공개해보기로 합니다. 사실 광고 모델료는 노출 기간과 매체, 지명도 등 조건에 따라서 천차만별입니다. 인기 연예인이 광고 한 편 출연하며 억억, 하는 것에 비하면 껌값이지만, 무명 배우에다 거의 일반인 수준이었던 내가 몇 시간 (혹은 하루) 촬영하고 받는 금액으로는 황송할 따름이었습니다.

물론 10년도 더 된 일이지만, 나의 첫 광고 모델료는 500만 원이었습니다(물가상승률을 고려하면 지금은 어느 정도일까요). 그리고 마지막 광고 모델료는 1,500만 원이었습니다. 2년여 사이에 몸값이 3배 정도 뛰었으니 나의 영화 경력이 좀 더 길어졌다면 겸손과는 담쌓은, 이른바 연예인병 걸린 기고만장한 배우가 되어 있을지도 모르겠습니다(설마).

돈도 돈이지만, 처음 접하는 세상은 신기하고 즐겁기만 했습니다. 새벽 5시에 집합해 다음 날 새벽까지 꼬박 24시간을 힘겹게 촬영한 적도 있고, 메인 모델인 박찬호 선수의 스케줄 덕분에 30분 만에 촬영을 끝낸 광고도 있었습니다. 어떤 촬영이든 내겐 무한한 행복이었습니다.

당시 나는 일본 에이전시와 촬영코디 회사를 운영하고 있었는데, 사업에도 물이 올라 한창 잘나가고 있어서 직장에 영화와 광고까지, 수입이 쏠쏠하던 때 덜컥 병을 만났습니다. 당연히 먹고 살 걱정이 앞섰지요. 허벅지 뼈를 잘라내는 대수술이니, 몇 달은 회복에 전념해야 했습니다. 당장은 문제없겠지만, 회복 기간이 길어질 수도 있었습니다. 그래서 당장 입원하라는 의사의 권고를 무시하고 무리하게 일을 했습니다.

입원하고 이틀 만에 1차 항암치료를 받고 난 후였습니다(골육종은 보통 수술 전에 암종양 크기를 줄이기 위해 항암치료를 하기도 합니다). 비씨그린카드에서 광고 출연 섭외 연락이 왔습니다. 내가 출연했던 첫 광고의 반응이 좋아 광고주가 직접 나를 지명했다고 했습니다. 왜 딸이랑 장난을 쳐서 무릎을 부딪쳤을까, 왜 항암제를 일찍 맞았을까, 이왕 늦은 거 조금만 더 미룰 걸… 아까웠습니다. 속이 타들어갔습니다. 그 광고의 주인공은 나여야 했습니다. 주치의를 붙잡고 애원했습니다.

"선생님, 제가 지금 컨디션이 너무 좋은데, 반나절만 외출해도 괜찮을까요?"
"글쎄요. 항암제를 맞으면 몸 전체의 면역력이 떨어져서 사람이 많이 모인 곳에 가면 어떻게 될지 저도 장담할 수 없습니다."

주치의는 담담하게 말했지만, 어이없어하는 표정까지는 숨기지 못했습니다. 나는 좌절했습니다. 암이 아니라 면역력 저하로 인한 합병증이 문제였습니다. 자칫 죽을 수도 있다고 했습니다. 아무리 돈이 중요하다고 해도 목숨만큼은 아닙니다. 그렇게 광고 출연 기회와 몇 달치 치료비에 맞먹는 출연료는 신기루처럼 사라졌고, 이후 두 번 다시 광고 출연 제의를 받지 못했습니다.

인생에도 하이라이트가 있습니다. 내겐 그때가 인생의 하이라이트였습니다. 영화, 광고, 일… 딱히 애쓰지 않아도 척척 일이 풀렸지요. 마치 목적지까지 빨간불 한 번 걸리지 않고 도로를 질주하는 듯한 기분이었습니다.

그런데 암 진단을 받자 먹고사는 게 우선순위가 되고 말았습니다. 한동안은 괜찮겠지만, 기본적으로 들어가는 생활비, 양육비, 학비, 보험료, 수술비, 병원비, 재활비 기타 등등… 미래가 불안한 만큼 마음은 쪼그라들었고, 그 쪼그라든 마음에 걱정과 불안이 가득 들어차니 가슴이 터질 것 같았습니다.

철이 들고 나서 인생이 쉬웠던 적이 없었습니다. 아버지의 소원에 따라 적성에 맞지 않는 대학을 다니느라 힘들었고, 출근이 결정되어 날아간 일본에서 갑자기 입사가 취소되자 살길이 막막해져 자살까지 생각했습니다. 배신을 당해 힘들었고, 가족 때문에 빚쟁이에게 시달리기까지 했습니다. 그래도 뻘밭 같았던 20대를 보내면서 일본에서 살았던 경험을 바탕으로 단행본을 출간

하고, 작은 회사를 세우고, 단역이긴 하지만 영화에도 꾸준히 출연했습니다. 조금씩, 천천히, 보송보송한 흙길로 다져지는 듯했던 뻘밭 인생이 다시금 진흙탕이 되고 말았습니다.

인생, 참 밉네요. 하나가 풀린 듯하면 또 다른 문제가 생기고, 또 하나가 풀리면 또 다른 사건이 발생하니. 이쯤 되면 인생이 내게 억하심정이라도 있는 듯합니다. 게다가 암은 좀 큽니다. 몸이 망가지면 내가 대처할 수 있는 폭이 좁아지기 때문입니다. 대략 난감했습니다.

그러나 지금 와서 돌아보면 어느 것 하나 소중하지 않은 경험이 없습니다. 아버지 덕분에 내 적성이 무엇인지 정확하게 알 수 있었고, 한국에서 취업이 되지 않아 일본 유학을 할 수 있었지요. 빚쟁이에게 시달리며 경제 관념이 더욱 확실해졌고, 힘든 시절을 겪으며 아내의 소중함을 더 절실하게 깨달을 수 있었습니다.

생각해보면 부모님의 잔소리 때문에 짜증 났지만 그 덕분에 무탈하게 잘 자랄 수 있었고, 실연 때문에 힘들었지만 이별했기에 더 좋은 사람을 만날 수 있었습니다. 친구의 배신에 치를 떨었지만 그 덕에 좋은 친구의 진가를 알게 되었습니다. 상사의 갑질에 회사를 박차고 나왔지만 더 나은 일을 찾을 수 있었습니다. 우린 인생에 이런 경험은 수두룩하지 않은가요.

지금 눈앞에 닥친 시련만 보면 견뎌내기 어렵습니다. 거대하고 넘기 어려운 벽처럼 느껴집니다. 하지만 지금의 일이 계기가 되어 그다음, 그 이후에 찾아올 좋은 일을 생각한다면 당장의 시련은 견디기 쉬워집니다. 버틸 힘이 납니다.

'지금의 역경 이후에 내게 찾아올 선물은 무엇일까?'

궁금하지 않은가요? 나는 궁금합니다.

모든 병에는
원인이 있다

* ☀ *

아프면 모든 것이 서럽습니다. 아파본 사람은 압니다. 감기 몸
살처럼 며칠 쉬면 낫는 병도 돌봐주는 사람 하나 없으면 눈물 날
만큼 서글퍼집니다. 가족이나 애인, 친구가 "그깟 감기"라거나
"엄살도 정도껏"이라며 대수롭지 않게 여기고 타박하면 마음에
상처를 받지요. 큰 병에 걸리니 그런 쪼잔하고 서러운 마음도 따
라서 커집니다(평소 나는 예민하거나 깐깐한 성격이 아니라 낙관적이고
긍정적인 편입니다).

12시간에 걸친 대수술을 받은 후 집에서 요양했습니다. 아내
가 나를 위해 항암에 좋다는 음식을 찾아 요리하고, 거동이 불편

한 나를 보살펴주었습니다. 부부 사이지만, 감사한 일이었습니다. 그런데 아내가 돌봐야 하는 건 나뿐만이 아니라 갓 초등학교에 입학한 아들과 네 살배기 딸도 있었습니다. 압니다, 아내로서는 최선을 다했다는 것을. 그야말로 슈퍼 엄마, 슈퍼 아내였다는 것을 잘 압니다.

환자가 있는 집안은 일반적인 가정과 다릅니다. 환자를 두고 나머지 가족이 모여 깔깔거리며 웃기 쉽지 않습니다. 병의 기운은 어둡고, 서늘하고, 전염성이 강해 집안 곳곳에 스며들어 건강한 사람까지 위축되게 만들 때가 종종 있습니다. 죽을병까지는 아니었던 나도 안 그래야지, 생각하면서도 순위가 뒤로 밀린다고 생각하면 섭섭함과 서글픔이 차올랐습니다. 건강할 때와 달리 작은 일에도 예민해졌습니다. 아내는 아내대로 가족을 돌보며 힘들어했고, 서로의 몸과 마음이 힘들어지면서 사소한 일로 부딪히는 일이 잦아졌습니다. 집안 분위기가 이렇다 보니 한창 집안을 휘젓고 다니며 뛰어놀 아이들이 엄마 아빠 눈치를 보느라 소심해졌습니다.

마음이 문제였습니다. 스스로 다독이려고 애써도 마음은 제멋대로 널뛰었습니다. 몸도 내 말을 듣지 않는 상황에서 마음마저 통제에서 벗어나자 심한 자괴감과 우울감 때문에 괴로웠습니다.

악순환의 연속이었습니다.

그러던 어느 날, 우연히 TV에서 암 요양병원을 다룬 프로그램을 보다가 암과 노인 전문 요양병원이 따로 있다는 것을 처음 알았습니다. 아내와 상의해 경제적인 문제만 해결된다면 요양병원에 입원하기로 하고 이곳저곳 수소문해서 알아본 결과 병원비는 월 100만 원이 조금 넘었지만(10년 전 기준), 다행히 실손보험 처리가 되었습니다. 강원도지만 집에서 2시간이 채 걸리지 않았습니다. 그렇게 춘천의 한 암 요양병원행이 결정되었습니다.

암 요양병원에서는 컨디션 회복 외에는 딱히 할 일이 없습니다. 먹고, 자고, 운동하고, 쉬고, 먹고, 쉬고, 자고, 먹고, 수다 떨고, 쉬고… 게다가 한쪽 다리를 수술해 움직임이 여의치 않은 상황이었기에 병원에서 가장 많은 시간을 침대에 누워 천장을 바라보며 지냈습니다. 여유가 생기면서 내게 왜 암이 생겼을까, 많은 생각을 했습니다.

먹는 것에 진심인 내가 음식에 집착한 탓일까? 과식?

담배 때문일까? 음주가 과했나?

운동을 게을리한 탓인가?

불규칙한 생활 습관 때문일까?

스트레스 때문인가?

나쁜 식습관이나 잘못된 생활 습관, 담배, 술 때문이라면 암에 걸릴 사람이 내 주변에 수십 명은 있습니다. 나보다 훨씬 식습관이 나쁘고, 불규칙한 생활을 하는 사람, 나보다 담배를 배로 피우는 사람, 매일 술을 마시는 사람도 건강합니다. 세계적 지휘자 레너드 번스타인은 하루에 무려 다섯 갑, 100개비의 담배를 피우는 골초였지만, 70세 넘게 살았습니다. 술 담배를 하지 않고, 매일 운동하며 자기 관리에 철저한 사람은 왜 암에 걸리는 걸까요?

현대의학에서는 아직 암의 원인을 정확하게 규명하지 못하고 있습니다. 한마디로, 모른다는 말입니다. 병원에서는 단지 대증요법으로 이미 생긴 종양이 더 커지지 않게 하거나 제거하기 위해 애쓸 뿐입니다. 과학자와 의학자들은 여전히 암에 관해 연구하고 있으며, 다양한 논문이 쏟아지고 있습니다. 그중 한 연구 결과에 따르면 암 환자의 89%가 최근 2년 안에 극심한 스트레스나 그에 준하는 사건을 경험한 적이 있다고 합니다. 이 연구 결과가 맞다면 암은 '마음의 병' 아닐까요?

생각하면 생각할수록 암은 마음의 병인 것 같았습니다. 현대 의학이 암의 근원을 찾아내지 못하는 이유가 암이 마음에서 비롯된 병이기 때문이라면 대화와 상담 그리고 깨달음으로 원인을 찾아 마음의 응어리를 푼다면 나을 수 있지 않을까 하는 생각이 들었습니다. 나는 과학자도 의사도 아니지만, 상식적인 선에서 추론해본 것입니다.

암뿐만이 아닙니다. 병의 원인은 대부분 스트레스 때문이라고 합니다. 마음을 잘 다스린다는 것은 감정을 잘 통제한다는 것이고, 감정을 잘 통제할 수 있는 사람은 어떤 상황도 잘 이겨낼 수 있지 않을까요.

몸은 마음이 시키는 대로 움직일 뿐입니다. 억울함을 제대로 풀지 못하면 화병이 생기고, 분노를 조절하지 못하면 폭력적으로 변하고, 감정을 통제하지 못하면 우울증에 걸립니다. 마음을 컨트롤할 수 있다면 암도 피해갈 수 있는 게 아닐까요? 모든 것은 마음먹기에 달렸다는 불교의 '일체유심조(一切唯心造)'라는 말도 같은 맥락에서 나온 말일 것입니다.

나는 암이 마음의 병이라는 생각을 굳히고, 최근 1~2년 사이에 심하게 속이 상했거나 마음에 상처받은 일은 무엇인지 생각해보았습니다. 한 가지 떠오르는 것이 있었습니다. 형이었습니다.

곪은 것은
어떻게 해야 할까

* ✳ *
 *   *

내겐 형이 한 명 있습니다. 사업에 굴곡이 있었던 형은 이런저런 일로 자주 돈을 빌렸고, 부모님께서는 그런 형을 걱정하셨습니다. 형도 자식인지라 부모님께 걱정을 끼쳐드리지 않으려다 보니 도움을 청할 곳은 나뿐이었습니다. 나도 부모님께서 걱정하시는 것을 원치 않았고, 형수님과 예쁜 조카들이 짠해서 내가 할 수 있는 한도 내에서 형을 도왔습니다. 형은 부모님에게도, 내게도 적지 않은 도움을 받았지만, 계속 가난에서 헤어나지 못했습니다. 그러다 보니 부모님의 관심과 걱정은 늘 형에게로 가 있고, 어려운 일이 생기면 장남이 아니라 둘째인 내게 연락하셨습니다.

내가 경제적으로 넉넉했을 때는 형을 지원하는 것도, 부모님이 형 걱정만 하는 것도 크게 문제가 되지 않았지만 형으로 인해 중요한 비즈니스 관계가 어그러지고, 내가 빌리지도 않은 돈 때문에 채권자에게 협박당하고, 그 문제로 이혼 위기까지 가게 된 상황에서도 부모님께서 형 걱정만 하시자 상황이 달라졌습니다. 그동안 표현은 안 했지만, 엄청난 스트레스로 마음속에 울분이 쌓였던 듯합니다. 이런 일련의 사건을 겪고 난 후 불과 몇 개월 뒤 나는 암 진단을 받았습니다(다른 곳 다 놔두고 왜 뼈인지는 모르겠습니다).

요양병원에서 생각할 시간은 넘쳐났습니다. 나는 암의 원인이 형에게서 비롯되었다는 결론을 내렸습니다. 과거를 곱씹으면 곱씹을수록, 생각이 깊어지면 깊어질수록, 확신이 강해지면 강해질수록 잠이 오지 않을 정도로 화가 치밀어 올랐습니다.

지금도 요양병원에 입원하던 날을 생생하게 기억합니다. 암 환자라고 하면 핏기 없이 시름시름 앓으며 침대에만 누워 있을 거라고 생각했던 것과 달리 환자복만 아니라면 암 환자라고 생각할 수 없을 정도로 요양병원은 활기에 넘쳤고, 사람들은 건강해 보였습니다. 요양병원은 말 그대로 요양을 위한 곳이고, 중증 환자나 말기 암 환자를 전문으로 하는 곳은 따로 있다는 사실은 나중에 알게 되었습니다. 저마다 부위는 달라도 같은 병이라는 동질감 때문인지 모두가 신입인 나를 따뜻하게 환대해주었습니다.

낮에는 별생각 없이 환우들과 즐겁게 시간을 보냈지만, 불을 끄고 누우면 머릿속이 온통 뒤죽박죽이었습니다. 생각하면 할수록 목덜미가 굳어지고 피가 거꾸로 솟는 듯했습니다. 형이 미워 죽겠는데, 형을 만나서 욕이라도 실컷 하고 싶은데, 현실은 당장 내가 죽게 생겼습니다. 생각할수록 내 몸이 더 안 좋아질 것 같았습니다. 이러다 내가 죽을 것 같았고, 생각은 확신으로 번졌습니다.

영어로 원한을 뜻하는 'resentment'라는 단어는 '다시 느낀다'라는 의미를 담고 있습니다. 우리가 얼마나 부당한 대우를 받았는가에 관한 스토리를 스스로 반복할 때마다, 우리는 상대를 향한 분노를 몸과 마음으로 다시 느낍니다.

미국의 심리학자 타라 브랙은 『받아들임』이라는 책에서 부당한 대우를 받았는지에 관한 생각은 하면 할수록 상대를 향한 분노를 몸과 마음으로 다시 느낀다고 했습니다. 이 책의 번역자는 'resentment'에 담긴 의미를 '다시 느낀다'로 해석했는데, 나는 이를 '곱씹다'라고 표현하고 싶습니다.

국어사전을 찾아보면 '곱씹다'라는 단어는 '거듭하여 씹다',

'말이나 생각 따위를 곰곰이 되풀이하다'라는 뜻으로 풀이합니다. '곱씹다'에 나쁜 말, 나쁜 생각이라는 설명은 없습니다. 하지만 우리는 평소 기쁜 일이나 감사한 일에 대해서는 곱씹기를 거의 하지 않고, 억울한 일이나 상대방의 불쾌한 행동들에 대해서만 생각을 되풀이합니다.

현실에서 실제 일어난 좋지 않은 일은 10분도 채 되지 않는 짧은 상황일 때가 많지만, 우리는 머릿속에서 계속 그 일을 복기하며 몇 시간, 온종일, 어떤 때는 일주일, 한 달, 길게는 평생 그 문제를 안고 가기도 합니다. 곱씹는다는 것은 결국 스트레스입니다. 곱씹는 경향이 클수록 사소한 문제를 큰 문제로 인식하기도 하고, 우울증에 걸려 결국 파국에 이르기도 합니다.

나 역시 그랬습니다. 아침에 일어나면 오랜만의 휴가라고 생각하며 여유롭게 생활했지만, 밤이 되어 불을 끄고 누우면 그동안 있었던 일이 주마등처럼 흘러가면서 분노와 억울함은 부풀려지고, 마음은 점점 더 곪아갔습니다. 이미 흘러간 과거였지만, 나는 나 자신을 고문하며 괴롭혔습니다.

내 몸과 가족, 마음의 평화를 위해 요양병원행을 택했지만, 생각할 시간이 많아지면서 상처는 오히려 더 곪아갔습니다. 몸이 상한 곳은 잘라내고 소독하고 치료하며 서서히 아물고 있었지만,

마음의 상처는 아무런 처치를 못 한 날것 그대로였습니다. 몸보다 마음의 문제가 시급했습니다. 곪은 것은 어떻게 해야 할까요? 답은 간단합니다.

터트려야 합니다.

참을 인 자 세다
내가 죽는다

상처가 제대로 곪아본 적이 있나요? 열이 나고, 퉁퉁 붓고, 뭐라고 할 수 없을 정도로 고통스럽습니다. 그런데 놀랄 만한 반전이 있습니다. 정말 제대로 곪은 상처는 터질 때 무어라 형언할 수 없을 만큼 시원합니다. 상쾌합니다. 추천하고 싶지는 않지만, 신세계를 경험할 수 있습니다.

나는 항암치료를 거부했습니다. 정확하게 말하자면 네 번의 항암치료 후 더는 항암치료를 받지 않기로 했습니다. 이유는 단순합니다. 신념이 대단해서가 아닙니다. 민간요법을 믿어서도, 현대의학을 불신해서도 아닙니다. 너무 힘들었기 때문입니다.

암이 운명이라면 항암치료는 숙명입니다. 암에 걸리면 초기든 말기든 상관없이, 개인의 가치관이나 철학과 무관하게 거의(!) 무조건 항암치료를 받아야 한다는 인식이 강합니다. 항암치료를 거부했다고 하면 이상하게 바라보는 사람들의 시선도 만만치 않습니다. 미신이나 검증되지 않은 민간요법을 믿는 미개인 정도로 취급받기도 합니다(항암치료뿐만이 아닙니다. 우리는 얼마나 많은 사회적 속박 속에서 그것을 당연히 여기며 살아가는지요).

평소 항암치료에 거부감을 가지고 있던 사람도 막상 본인이 암 진단을 받으면 마음이 흔들리는 데다, 병원이라는 특수한 환경에서 의사의 권위에 억눌리면 제대로 의사 표현 한번 하지 못하고 치료를 받아들이는 경우가 대부분입니다. 게다가 가족까지 나서서 항암치료를 받지 않으면 안 된다며 울고불고 난리를 치면 본인이 아무리 싫어도 꾸역꾸역 항암치료를 받게 됩니다.

암 치료법은 이론적으로는 간단합니다. 암을 떼어내거나 작게 만들거나 태워서 없애는 것으로, 이를 위해 전 세계적으로 행해지는 암의 3대 치료법이 수술, 항암제 투여, 방사선요법입니다. 이 세 가지를 합쳐 항암치료라고 합니다.

나 역시 숙명을 비껴갈 수는 없었습니다. 깊이 생각할 시간도 없이 암 진단과 동시에 항암치료 스케줄이 '일방적으로' 잡혔습니다. 골육종이었던 나는 뼈를 조금이라도 덜 잘라내기 위해 수술 전 항암치료를 받았습니다. 골육종은 혈액암의 일종이어서 항암제 강도가 일반 암에 비해 3배 정도 강하다고 합니다.

항암치료 전 의사 선생님이 부작용에 관해 설명해주었지만, 대충 알고 있는 내용이라 한 귀로 흘려들었습니다. 단 한 가지, "열 명 중 한 명꼴로 체질적으로 항암치료가 맞아 부작용이 없는 사람도 있다"라는 소리만 귀에 와 꽂혔습니다. 원체 아무거나 잘 먹고, 평소 알레르기도 없던 건강한 몸이었기에 그 한 명이 바로 나였으면 했습니다.

일주일 간격으로 두 번의 항암제를 맞고 난 뒤 나는 그 한 명이 나라며 자축했습니다. 약간의 메스꺼움을 제외하곤 아무런 증상이 없었기 때문입니다. 이 정도면 항암치료든 수술이든 거뜬히 이겨낼 수 있겠다는 확신까지 생겼습니다. 정말이지, 너무 기쁜 나머지 누가 보든 말든, 아내 앞에서 덩실덩실 춤까지 췄습니다.

세 번째 항암제를 투여하는 날이었습니다. 의기양양했습니다. 올 테면 와봐라, 나는 끄떡없을 것이다. 그깟 항암, 별것도 아니더구만. 얼마든지 맞아주마. 자신만만했습니다. 정확하게 투약 후 10분이 채 지나지 않아 심한 오한과 더불어 구토가 시작됐습니다. 얼마나 발작이 심했는지 간호사가 뛰어오고, 의사가 달려와 진정제를 놓는 등 한바탕 난리를 쳤습니다. 주사 한 번으로는 가라앉지를 않아 진정제를 여러 번 맞아야 했습니다. 웃긴 건, 그때만 해도 그 심한 발작을 견딜 만하다고 생각했다는 것입니다. 그렇게 일주일 뒤, 다시 한번 더 항암치료를 받았습니다.

항암제가 진짜 무서운 것은 투약 직후가 아닙니다. 항암제의 본색은 몸속을 몇 바퀴 돌고 난 뒤에야 드러납니다. 정말 악마와도 같습니다.

일단 휴식을 취한 뒤 몸 상태를 봐서 다시 항암치료 스케줄을 잡기로 하고 퇴원했습니다. 5일 정도 지나자 머리카락이 듬성듬성 빠지기 시작했습니다. 각오했던 터라 미용실에 가서 완전히 머리를 밀어버렸습니다. 남자여서 그런지 생각보다 심적 충격은 크지 않았습니다.

일주일 정도 지났을 때였습니다. 오한이 심해지더니 열이 40도를 넘어가면서 아랫배 깊숙한 곳에서 시작된 고통이 나를 집어삼켰습니다. 진통제를 있는 대로 털어 넣었지만, 열은 내려가지 않고 통증은 점점 더 심해졌습니다. 움직일 때마다 아랫배와 항문 사이에 종양 같은 것이 느껴지면서 통증이 극도로 심해졌습니다. 나는 그것이 분명 암세포라고 생각해서 고통보다 더한 죽음의 공포에 휩싸였습니다.

'만약 이 종양 덩어리가 터지기라도 하면 암이 온몸으로 퍼져 죽겠구나….'

죽음에 대한 두려움이 고통을 극대화시키자 상식이고 논리고 생각할 겨를도 없이, 죽음은 분명한 사실이 되었습니다. 나는 미친 사람처럼 고래고래 소리를 지르며 아내에게 제발 통증을 줄일 약을 달라고 매달렸습니다.

앉지도 눕지도 못하는 상태로 일단 가까운 동네 병원을 찾았습니다. 통증이 아랫배에서 항문 쪽으로 옮아갔기에 항문외과를 방문했습니다. 병원까지 가는 동안 아프기도 했지만, 암 덩어리가 터질까 봐 제대로 기댈 수도, 움직일 수도 없었습니다.

의사는 상태를 듣더니 대뜸 침대에 엎드려보라고 했습니다. 엉거주춤 침대에 드러누워 엉덩이를 까자 정체를 알 수 없는 도구가 항문으로 쑥 들어왔습니다. 눈에 별이 보인다는 것을 처음 경험하는 순간이었습니다. 정말 말로 표현할 수 없는 무시무시한 통증이 엄습했습니다.

"어이쿠, 이렇게 곪을 정도로 어떻게 참으셨어요? 상태를 보려다가 다 터져버렸네요."

마음의 준비라도 시키고 쏘시지…. 출산의 고통이 이 정도일까요? 두 번 다시 느끼고 싶지 않은 아픔이었습니다. 하지만 그와 동시에 무어라 형용할 수 없는 시원함이 느껴졌습니다. 펄펄 끓는 가마솥에 들어앉아 있다가 냉탕으로 옮겨진 기분이랄까. 신기할 정도로 온몸의 열이 순식간에 뚝 떨어졌습니다. 구원받은 느낌이었습니다.

병명은 '항문농양'이었습니다. 일종의 항암치료 부작용이었습니다. 온몸의 면역력이 극도로 떨어지면 음식물에 있던 미생물이 피부의 미세한 상처에 염증을 일으킨다고 합니다. 그 증상이 내게 일어난 것이었습니다. 곪을 대로 곪은 농양 때문에 체온이 오르고, 터져야 할 고름이 터지지 못한 채 항문에 달려 있으니 온몸이 고통스러웠던 것입니다.

육체만 그럴까요. 마음도 마찬가지지 않을까요. 상처가 나면 곧바로 치료해야 하는데, 상처를 그대로 방치하니 곪게 되지요. 곪기 시작한 상처는 욱신욱신 쑤시고, 열이 납니다. 고름을 터트려야 열이 내리고 통증이 사라지며 몸도 가벼워지는데, 그것을 그대로 두니 마음이 고름 주머니로 계속 아픈 것입니다. 그런데 우리는 마음의 상처가 곪고 있는지조차 모르는 경우도 많고, 곪은 상처를 보는 것이 두려워 회피하는 경우도 흔합니다. 고름이 터지는 찰나 순간적으로 뒤따르는 고통은 어쩔 도리가 없습니다. 하지만 그것을 참고 이겨내야 낫습니다.

나는 그동안 마음의 고름 주머니를 키우고 있었습니다. 그때까지만 해도 몰랐습니다, 마음도 곪을 수 있다는 것을. 아니, 사실은, 알고 있으면서도 그동안 그것을 인정하지 않았습니다. 먹고 살 만하다는 핑계로, 가족이라는 이유로, 효자가 되어야 한다는 강박증으로, 바쁘다는 핑계로, 스스로에게 의무감과 책임감만 강요하며 할퀴어지고 상처 난 마음을 외면하고 살았습니다. 참을 인(忍) 자 셋이면 살인도 피할 수 있다고 했던가요? 참을 인 자 세 다가 결국은 내가 죽을 뻔했습니다. 멍청하면 몸이 고생한다고 했던가요? 결국 마음의 병이 몸에 전이되어 암까지 얻고서야 그 사실을 깨달았습니다.

암 환자들이 병을 얻기까지 개개인의 삶은 얼마나 힘들었을까요. 거기에 더해 항암이라는 지독한 치료까지 견뎌내고 병을 이겨낸 세상의 모든 환자들은 참으로 위대합니다.

인생에
정답이 있을까

병원에서 처방받은 항암치료는 수술 전 8회와 수술 후 32회를 합쳐 총 40회였습니다. 40회라니! 많아도 10회면 끝나는 줄 알았는데, 수술하고 나서도 이처럼 많은 항암치료를 받아야 하다니…. 그런데 결과가 더 놀라웠습니다. 수술과 항암치료를 다 받으면 5년 생존율이 70~80%이고, 항암치료를 받지 않을 경우에는 5년 생존율이 20~30%라고 했습니다. 참 무섭고도 차가운 말이었습니다.

네 번의 항암치료로 항문농양 외에 신장까지 망가졌습니다. 그야말로 '빈대 잡으려고 초가삼간 태우는' 격이었습니다. 조금만 관심이 있으면 알겠지만, 항암제는 독입니다. 세계 2차대전 중 '독가스'로 사용되었던 겨자가스(mustard gas)에 의해 골수가 감소한다는 보고에 착안해 시작된 것이 화학적 항암치료라고 합니다. 암을 잡겠다고 독소를 몸에 들이붓는 것입니다.

이렇게 힘든 항암치료를 모두 받아도 5년 생존율이 최대 80%밖에 되지 않습니다. 이 말을 반대로 풀이하면 죽을 고생을 해도 20%는 생존 가능성이 없다는 의미지요. 게다가 5년을 하루만 넘겨 죽더라도 5년 생존율에 포함되니 우리가 알고 있는 수치는 어쩌면 허상인지도 모릅니다. 나는 이 말이 결국 죽을 사람은 죽는다는 뜻으로 받아들여졌습니다. 또 항암치료 상담 과정에서 받은 대학병원의 회유와 협박성 발언이 굉장히 나를 혼란케 했습니다.

물론 고민이 없었던 것은 아닙니다. 암 환자의 가장 큰 딜레마는 대부분 항암치료가 아닐까 싶습니다. 적어도 내 경우에는 그랬습니다. 항암치료를 거부하면 몸 안의 암세포가 쑥쑥 커질 것 같은 불안과 걱정이 나를 무겁게 옥죄었습니다. 더욱이 골육종은 전이와 재발이 다른 암보다 쉽게 일어난다고 했습니다. 무서웠습니다. 그래서 수술 전 항암치료를 선택했는데 부작용이 너무 컸습니다.

백문이 불여일견이라는 말이 있습니다. 말로만 듣던 것과 경험하는 것에는 차이가 큰 경우가 있습니다. 과대 포장되는 경우도 있고, 과소 평가되는 경우도 있습니다. 항암치료의 부작용은 상상 이상으로 강렬했습니다. 이렇게 삶의 질이 낮아진 상태로 5년을 사느니, 1년을 살더라도 차라리 아이들과 놀이공원 한 번 더 가고, 좋은 사람과 즐겁게 밥 한 끼 먹으면서 굵고 짧게 사는 게 훨씬 낫겠다는 생각이 들었습니다. 그래서 수술 전 6회로 잡혀 있던 항암치료를 4회만 받았습니다.

주치의가 안 된다고 했지만, 수술 후 바로 항암치료를 받겠다는 조건하에 겨우 허락을 얻어냈습니다. 하지만 나는 수술 후 항암치료를 받지 않았습니다. 더는 항암치료에 시달리고 싶지 않았기 때문입니다.

사실 나의 이런 결단에는 결정적 계기가 있었습니다. 병문안 온 초등학교 친구와 이야기를 나누다 책 한 권을 소개받았습니다. 제목이 너무 강렬해 이야기를 나누는 둥 마는 둥 하다 친구가 돌아가자마자 책을 주문했습니다. 내 영혼까지 뒤흔들었던 책 제목은 바로 이것입니다.

『항암제로 살해당하다』

일본의 환경운동가이자 시민운동가인 후나세 슌스케가 쓴 책으로, 3권이 시리즈입니다. 내가 제목만 듣고 흥분했던 이유는 그만큼 항암치료가 싫었기 때문인데 단 4회의 항암치료만으로도 너무 힘들었던 나는 누군가 항암치료는 좋지 않으니 치료 없이도 나을 수 있다는 말을 해주었으면 싶었습니다. 이 책은 내가 간절하게 바라던 내용을 담고 있었습니다. 추상적으로만 알고 있던 항암제의 부작용, 항암치료 방법, 병원에서 항암치료를 하는 이유 등이 아주 구체적으로 실려 있었습니다. 380페이지가 넘는, 하드커버의 두툼한 책을 두어 시간 만에 완독했습니다. 그리고 결심했습니다. 더는 항암치료를 받지 않겠다고.

　우리는 수많은 정보에 노출되어 있습니다. 그래서 모든 것을 잘 안다고 생각하기 쉽습니다. 나도 속으로는 내가 똑똑하다고 자만했습니다. 그런데 아니었습니다. 내가 잘 모르는 영역에 발을 들여놓고 보니, 그렇게 어리숙할 수가 없었습니다. 선입견으로 필요 이상의 공포를 느꼈고, 작은 자극에도 깜짝 놀랐으며, 감정에 크게 휘둘렸습니다.

　인생에 정답이 있는 걸까요. 사회는 관습, 신기술, 트렌드라는 이유로 우리를 한 방향으로 이끌고 가려 합니다. 그 힘은 막강합니다. 그 사이에서 어느 한쪽의 의견에 쏠리지 않도록 균형을 잡기란 쉽지 않습니다. 뚜렷한 나만의 가치관과 철학을 가지기 위해 끊임없이 공부하고, 그렇게 삶을 마주했을 때 인생이 던지는 문제에 겨우 답을 채워나갈 수 있습니다. 사회가 요구하는 정답이 아니라 나만의 정답을.

책 한 권으로 모든 것을 다 알게 되었다고는 할 수 없지만, 대학병원의 의사 말만 전적으로 따를 이유도 없었습니다. 나는 반드시 항암치료를 받겠다고 한 주치의와의 약속을 깨고, 수술이 끝나자마자 도망치듯 병원에서 탈출했습니다.

항암치료는
필수일까

⁎⋆

몸이 아프면 우리는 약부터 찾습니다. 감기에 걸려도, 넘어져 무릎이 까져도 마찬가지입니다. 처방에만 급급하지 않고, 왜 감기에 걸렸는지, 왜 무릎이 까졌는지 이유를 생각해보면 다시 감기에 걸리거나 다칠 확률은 낮아질 것입니다. 감기에 걸린 이유가 옷을 얇게 입어서인지, 체력이 떨어져서인지, 창문을 열어놓고 잔 탓인지, 혹은 넘어진 이유가 단순히 실수로 돌부리에 걸려서인지, 다리에 힘이 없어서인지, 딴생각에 잠겨 있었던 탓인지 점검해보는 것입니다.

옷을 얇게 입어 감기에 걸렸다면 체온을 유지할 수 있도록 옷을 껴입어야 할 것이고, 체력이 떨어져 면역력이 저하되었다면 운동을 하거나 영양을 보충하거나 반신욕을 하는 등 면역력을 높일 방법을 찾아야 할 것입니다. 다리 힘이 없어 넘어져 무릎이 까진 것이라면 운동으로 부실한 하체를 튼튼하게 만들어야 합니다. 그렇지 않으면 다음에는 독감에 걸리고, 정강이뼈가 부러질지도 모를 일입니다.

암 진단을 받은 뒤 내가 한 일은 공기 좋은 곳에서 지내며 채식을 하는 것이었습니다. 맑은 공기와 채식이 몸에 좋은 보약이라고 생각했습니다. 그러나 요양병원에서 지내며 암의 근본 원인에 대해 생각할 여유가 생겼고, 암은 마음에서 비롯된 병이라는 결론에 도달하게 되었습니다.

생각은 계속 이어졌습니다. 마음이 아픈데 맑은 공기와 채식이 무슨 소용일까? 나쁠 것은 없지만, 그렇다고 좋은 공기와 나물이 몸을 치유하는 데 큰 도움이 될까? 몸이 아프면 약을 먹거나 수술하면 되지만, 마음이 아프면 어떻게 치료해야 할까? 만약 암이 마음의 병이라면 우울증과 같은 치료(처방)를 하면 나을 수 있을까?

우리는 정확한 마음 치료법을 모릅니다. 어떤 사람은 자기만의 동굴 속에 처박히기도 하고, 어떤 사람은 술이나 담배를 찾고,

어떤 사람은 친구를 붙잡고 하소연합니다. 근본적인 원인을 찾기보다는 '시간이 약'이라는 말처럼 힘들게 일상을 보내며 자연 치유가 되길 바라거나 혹은 마음이 아프다는 것조차 인지하지 못한 채 시간을 보내기도 합니다. 제대로 처방받지 못한 마음의 병은 점점 더 깊어져 우울증에 걸리기도 하고, 무기력증에 빠지거나 신경증이 나타나기도 합니다.

대부분의 암은 통증이 없습니다. 통증이 느껴진다면 대개 말기입니다. 마음도 마찬가지입니다. 우울증이나 신경증까지 갔다는 것은 그만큼 마음의 병이 심각하다는 증거입니다.

나는 항상 궁금한 게 있었습니다. '우울증에 왜 약이 필요할까?'라는 것이었습니다. 우울증은 분명히 마음이 무너져서 생긴 병인데, 어떻게 알약으로 마음을 낫게 하는 것일까요? 정신건강의학과에서는 당연히 우울증 약을 처방하고, 수많은 우울증 환자들이 그 처방대로 짧게는 며칠, 길게는 몇 년 동안 약을 장복하기도 합니다. 개인적으로는 말이 안 된다고 생각했습니다. 미국의 정신건강의학자 데이비드 번즈의 저서 『필링 굿』에 평소 내가 궁금해했던 의문에 대한 답이 있었습니다.

'장기간 실시한 연구 결과에 따르면 인지치료를 받은 환자들은 이치료 하나만 받든 약물치료를 함께 받든, 오로지 항우울제 치료만 받은 환자들에 비해 더 오랫동안 우울증을 겪지 않는다고 합니다. 필라델피아에 있는 우리 병원에서는 약 60%의 환자들이 항우울제 처방 없이 인지치료만 받았고, 약 40%는 인지치료와 항우울제 치료를 함께 받았습니다. 그 결과 두 집단에 속한 환자 모두 증세가 좋아졌으며, 우리는 두 치료법 모두 나름대로 가치가 있다는 것을 알게 되었습니다.'

요약하자면 자신이 생물학적 치료에 마음이 간다면 약물치료를 받는 것이 낫고, 반대로 심리적 치료에 마음이 간다면 심리치료를 받는 것이 낫다는 것입니다. 한마디로 '믿는 대로' 된다는 말입니다. 생물학적 치료든, 심리적 치료든 치료받는 당사자의 마음가짐, 신뢰의 정도에 따라 편차가 크다는 이야기입니다. 요양병원에서 들었던 강의에서도 비슷한 맥락의 이야기가 있었습니다. 한 암 환자가 강사에게 물었습니다.

"박사님은 항암치료가 독성이 강해서 되도록 안 받는 것을 추천한다고 말씀하셨는데, 제 주위에는 항암치료를 받고 경과가 좋아진 사람들이 있습니다. 여기에 대해서 어떻게 생각하십니까?"

박사님의 답은 간단명료했습니다.

"항암치료를 받아서 나은 사람은 항암치료를 받지 않았어도 나았
을 확률이 컸을 겁니다."

진실은 알 수 없습니다. 한 사람의 몸을 절반으로 나눠 임상 실
험을 할 수 없기 때문입니다. 그저 확률입니다.

물론 나의 관심과 결론이 항암치료를 받고 싶지 않다는 의지
가 컸기 때문에 편향되었을 수 있습니다. 그러나 똑같은 고민으
로 매일 힘들어했던 내게 박사님과 데이비드 번즈의 말은 그동안
나를 둘러싸고 있던 뿌연 안개를 걷어내고, 내가 가야 할 길을 명
확하게 보여준 등불과 같았습니다. 나는 항암치료를 받을 때마다
내 삶이 무너져 내리는 것 같았고, 항암치료를 받지 않기로 결정
했을 때 너무나 평안했기 때문입니다. 그렇게 연애하듯, 나는 점
점 더 마음을 알아가는 길에 한 걸음씩 가까이 다가갔습니다.

음식과 약,
건강과 마음

살아 있는 모든 것은 다 흔들린다고 했던가요? 아닙니다. 지난 10년간 모든 병, 특히 암이 마음의 병이라는 것은 변하지 않은 확고한 믿음이며, 나의 삶의 방향성이기도 합니다. 흔들림 없이 굳건하게 나를 지탱하는 신념입니다.

그렇다면 암 환자(마음고생이 심한, 미래의 잠재적 암 환자를 포함해)의 주적은 종양도, 항암치료도 아닙니다. 마음을 갈기갈기 찢어 놓고, 초토화시킨 그 '무엇'입니다. 그 '무엇'이 어떤 사람에게는 배우자일 수도 있고, 부모일 수도 있으며, 형제자매, 애인, 직장상사, 돈, 배신, 학대, 가난, 불행, 취업 등 여러 이유가 있을 수 있습니다.

각자 사정은 다르겠지만, 분명한 것은 그 '무엇'이 오랫동안 마음이라는 밭에 뿌리 내릴 수 있도록 그냥 내버려두었다는 점입니다. 정원도 잡초를 뽑고, 풀을 깎고, 주기적으로 물을 주며 관리할 때나 정원입니다. 아무도 가꾸지 않으면 얼마 지나지 않아 풀이 잡초인지, 잡초가 풀인지 모르게 자라나 폐허가 되어버립니다.

우리 몸에는 매일 암세포가 생깁니다. 하지만 모든 사람이 암 환자가 되지 않는 것은 면역세포가 열심히 제 할 일을 하기 때문입니다. (스트레스 등으로) 마음이 고장 나 면역세포가 작동하지 못하면 암세포를 없애지 못하고, 결국 암으로 번집니다.

저는 회복 중에 몸도 고통스러웠지만, 그보다 내 안의 그 '무엇'을 발견하는 과정이 더 괴로웠습니다. 악성 골육종에 걸리기 1~2년 전의 삶을 돌아보며 내 마음을 찢었던 사건, 늘 불안했던 것들, 신경 쓰였던 관계들이 떠올랐습니다. 만약 이전의 내 생각을 고치고, 틀어졌던 관계 회복에 힘을 쓰고, 그 '무엇'을 찾아내 완전히 뿌리 뽑지 않는다면 뼈를 잘라내도 또다시 어딘가에서 암이 자리 잡을 게 분명했습니다. 만에 하나 마음 치료에 전념했는데도 몸이 좋아지지 않을 수는 있겠지만, 적어도 삶을 편안하게 정리할 수 있겠다는 확신이 들었습니다.

그래서 다른 환자들이 더 효과 좋은 항암치료제, 더 훌륭한 의사, 몸에 좋다는 음식을 찾아다닐 때 나는 내 안의 '그것'을 찾아내 단절, 혹은 화해하는 데 모든 노력을 쏟아부었습니다. 이유는 오로지 하나, 내가 살기 위해서였습니다.

'약식동원(藥食同源)'이라는 말이 있습니다. 음식과 약은 근원이 같다는 의미로, 좋은 음식을 먹는 것이 곧 좋은 약이라는 말입니다. 나는 이 말을 '음식이 내 몸에 보약이 되기 위해서는 먹기 전 내 마음 밭의 상태가 좋아야 한다'라고 해석했습니다.

즐겁게 먹어야 소화가 잘된다.
즐겁게 먹어야 살이 안 찐다.
즐겁게 먹어야 건강하다.

많이 듣는 말입니다. 나는 이 말이 거짓이 아니라고 믿습니다. 아무리 좋은 음식을 먹더라도 마음이 분노와 불안으로 가득 찬 상태에서 먹는다면 그것은 내 몸에 '득'이 되는 것이 아니라 '독'이 될 것입니다. 화가 났거나, 걱정거리가 있거나, 스트레스를 받은 상태에서 음식을 먹으면 체하거나 소화가 되지 않는 경험은 누구나 있습니다.

담배도 마찬가지입니다. 담배가 암을 유발한다는 것이 사실일 수도 있습니다. 그러나 나는 달리 생각합니다. 담배는 보통 긴장하거나 불안할 때 많이 찾습니다. 이런 마음 상태가 몸에 더 큰 영향을 미치는 것이고, 편안하지 않은 심리 상태에서 담배를 피우기 때문에 몸이 자정 능력을 잃어 나쁜 성분을 제대로 배출하지 못하는 것이라고 생각합니다. 그렇지 않다면 골초인데도 100세까지 장수하는 사람에 대해서는 어떻게 설명할 수 있을까요.

약도 마찬가지이지요. 어떤 약이든 그 약을 받아들이는 내 마음 밭의 상태에 따라 달라질 수 있다는 것이 제 생각입니다. 의사가 효과 없는 가짜 약(혹은 꾸며낸 치료법)을 주어도 환자의 긍정적인 믿음으로 인해 병세가 호전되는 플라세보 효과 역시 과학적으로 입증된 것 아닌가요. 그래서 나는 친구들에게 담배를 끊고 싶은데 끊지 못한다면, 불안할 때보다 차라리 기분 좋을 때나 마음이 편할 때 피라고 권합니다.

가난해도 마음이 부자면 행복하고, 부자여도 마음이 가난하면 불행합니다. 도전도 마음이 동해야 성공 확률이 높아지고, 돈도 벌 수 있다는 믿음이 있어야 부자가 될 확률이 높아집니다. 마음이 따뜻하면 겨울에도 따뜻하고, 마음이 추우면 여름에도 한기가 듭니다.

이렇게 말하고 보니, 마음은 전지전능합니다. 그렇지 않은가요. 마음이 가지 않는 일은 무엇을 해도 재미가 없고, 마음이 가면 힘든 상황도 거뜬히 견딥니다. 그런데 하늘의 명을 깨닫는다는 지천명(知天命)의 나이에도 눈에 보이지 않는 마음 하나 컨트롤하기가 요원하니, 마음은 요물이기도 합니다. 그렇다고 마음을 포기할 수도 없는 노릇이니, 참으로 어렵습니다.

인생의
묘미는 반전

내 왼쪽 허벅지 뼈(대퇴골)에는 500원짜리 동전 정도 크기의 종양이 있었습니다. 발견했을 당시 일반 암으로 치면 2.5기에 해당했습니다. 나는 감자에 싹 난 부분을 숟가락으로 도려내는 것처럼 종양이 생긴 뼈 부위를 긁어내면 될 거라 생각했습니다. 하지만 내 예상과 달리 뼈를 20cm 이상 잘라내야 했습니다. 지름 3cm가 채 되지 않는 암을 없애려고 5배가 넘는 부위를 잘라내다니. 참으로 비실용적인 것 같지만, 암 주변으로 사람이 찾아내지 못하는 미세한 전이 세포가 있을지도 몰라서입니다. 그나마 현대의학이 발달해서 잘라낸 부위에 뼈를 삽입할 수 있게 된 것이지,

(내가 수술한 시점에서) 10여 년 전만 해도 다리를 절단했다고 하니 얼마나 감사한 일인지 모릅니다.

뼈를 잘라낸 부위에 다른 사람의 뼈를 이어 붙이는 '대퇴골 동종골 이식수술'은 12시간 가까이 걸리는 대수술입니다. 이식이라고 하면 간이나 신장 같은 장기 이식처럼 까다로운 검사 후에 몸에 맞는 뼈가 나타날 때까지 기다리다 쭈그렁 할아버지가 되는 것 아닌가 걱정했지만, 신기하게도 뼈는 그렇지 않았습니다. 뼈 자체에는 골수도 혈액도 없기 때문에 그냥 갖다 붙이기만 하면 된다고 했습니다. 그 후에는 내 뼈에서 골진*이 나와 뼈와 뼈가 제대로 붙을 때까지 기다리면 됩니다. 그런데 뼈가 붙는 확률, 즉 유합률은 55%밖에 되지 않습니다. 즉, 12시간이 걸리는 힘든 수술을 받아도 뼈가 붙을 확률은 절반. 운이 좋으면 붙고, 운이 나쁘면 붙지 않는 것입니다.

나는 나이가 많은 것도 아니고, 골육종 외에는 건강 체질이었으므로 뼈가 붙지 않을 것이라는 생각은 추호도 한 적이 없었습니다. 사실 암 진단 뒤 항암치료와 재발, 전이 등에 온 신경을 빼앗겼기 때문이기도 합니다.

---

*골진(骨津). 뼈에 손상을 입었을 때 배출되는 액체를 이르는 말. 뼈에 손상이 가면 대략 1주일을 전후하여 묽은 상태에서 굳어지면서 손상 부위를 메꾸기 시작한다.

그런데 수술 후 4년이 지나도록 뼈가 제대로 붙지 않았습니다. 결국 다시 이식수술을 하기로 했습니다. 아픈 데를 또 때리는 격이니 힘든 것도 두 배였지만, 다행히 두 번째 수술도 성공리에 끝났습니다. 나 역시 조심조심, 또 조심하면서 수술한 다리에 무게가 실리지 않도록 처음보다 더 주의를 기울였습니다.

하지만 세상일이 어디 사람의 계획대로 되던가요. 수술이 끝나고 1년이 지나면서 피치 못할 사정으로 무리하는 일이 늘어났습니다. 조심하는 마음이 서서히 줄어들기 시작한 때이기도 했습니다. 어느 순간부터인가 일을 하고 집으로 돌아가면 다리와 발이 퉁퉁 붓고 열이 났습니다. 다리가 불편하니 피로도 더했습니다. 피로가 채 풀리기 전에 다시 일터로 향하는 일상이 반복되었습니다.

결국 수술 부위에 통증이 느껴져 병원에 갔더니 뼈를 고정하기 위해 박아놓은 나사못 몇 개가 빠져서 다리 속을 돌아다니기 일보 직전이라고 했습니다. 당장 수술하지 않으면 나사못이 완전히 빠져 더 크고 복잡한 수술을 해야 한다고 했습니다. 결국 재수술한 지 2년이 채 지나지 않아 세 번째 수술을 받아야 했습니다.

6년 동안 제대로 걷지도 못하고, 목발에 의지해 살았는데 또 수술이라니. 정상 보행이 어느덧 내 삶의 가장 큰 소원이자 목표가 되어 있었습니다. 나는 주치의 선생에게 다급하게 물어봤습니다.

"이번에도 골 유합률이 55%밖에 안 되는 건가요? 동종골 이식수술 말고는 다른 방법이 없나요?"

너무 답답했습니다. 또다시 3, 4년을 목발 신세로 지내고 싶지 않았습니다.

"골 유합률이 걱정된다면, 인공관절을 삽입하는 방법이 있습니다."

주치의는 인공관절 수술에는 몇 가지 유의사항이 있다고 설명해주었습니다. 첫째, 지금은 내 무릎이지만, 인공관절 수술은 무릎 밑 뼈까지 절단해야 하므로 평생 인공관절로 살아야 합니다. 둘째, 15년에 한 번씩 인공관절을 교체해야 합니다. 셋째, 무리하거나 관리 소홀로 인공관절 주위에 염증이 생기면 생명이 위험해질 수 있습니다. 대신 재활을 잘하면 95%까지는 정상 보행이 가능합니다.

대충만 들어도 어지간해서는 인공관절을 선택할 이유가 없습니다. 하지만 당시 나는 세 번째 수술에 대한 걱정과 불안으로 가득 차 있었습니다. 뼈가 또다시 붙지 않을지도 모른다는 불안과 스트레스가 엄청났습니다. 인공관절 수술의 99가지 단점보다 95% 정상 보행이 가능하다는 단 한 가지 장점만 귀에 들어왔습니다. 그만큼 두 발로 똑바로 걷고 싶다는 열망이 강했습니다.

주치의는 내가 아직 젊고, 뼈만 잘 붙으면 인공관절보다 동종골 이식수술이 훨씬 더 삶의 질이 높을 거라고 설득했지만, 나는 정상 보행에 완전히 마음을 빼앗겼습니다. 인공관절 수술을 해달라고 강경하게 요구했습니다. 앞선 두 번의 수술에서 유합이 원활하게 진행되지 않았기 때문에 주치의도 끝까지 동종골 이식수술을 밀어붙이지 못하고, 마지못해 내 요구에 따랐습니다.

수술 당일이었습니다. 동이 막 틀 무렵 갑자기 주치의가 들이닥쳤는데 의사 가운도 채 갈아입지 않은, 사복 차림이었습니다.

"새벽 2시까지 수술 준비를 하다가 아무리 생각해도 무릎이 너무 아깝다는 생각이 들었습니다. 저를 한 번만 더 믿고, 인공관절이 아닌 동종골 이식수술을 할 생각은 없으신지요. 마지막으로 제안 드립니다."

수술을 대여섯 시간 앞두고 방법을 바꾸자니, 청천벽력 같은 말이었습니다. 인공관절 수술을 하겠다고 마음의 준비까지 끝낸 상태였습니다. 의사의 말 한마디에 12시간씩 걸리는 대수술을 번갯불에 콩 구워 먹듯 바뀌도 되는지도 의문이었습니다.

잠깐 생각할 시간을 달라고 말한 뒤 나는 기도했습니다. 그러나 기도하기 전부터 나는 알고 있었습니다. 얼마나 고민하고 또 고민했으면 동이 트자마자 달려와 나를 설득했을까. 이 정도로 환자에 진심인 의사라면 어떤 수술이든 내게 더 유리한 쪽으로 해줄 것이라는 확신이 들었습니다. 나중에 안 사실이지만, 인공관절 수술이 동종골 이식수술보다 훨씬 더 시간이 적게 걸리고, 비용도 비싸서 병원의 득실만 따진다면 처음부터 인공관절 수술을 제안했을 터였습니다.

주치의 덕분에 소중한 나의 무릎을 지킬 수 있었습니다. 물론 허벅지에는 봉제 인형마냥 바느질 자국이 수북하고, 공항 검사대에서 매번 걸리기는 하지만 말입니다. 역시 인생의 묘미는 반전입니다.

2

우리는 생각이 너무 많다

마음은 유리다.

주기적으로 닦아주지 않으면 뿌옇게 먼지가 뒤덮이고,

조심스레 다루지 않으면 쉽게 깨진다.

구석구석 손이 닿지 않아 생각처럼 잘 닦이지 않는다.

내 것이지만 내 것 아닌 듯, 마음은 참 난해하다.

우리는 생각이
너무 많다

＊✦＊
＊

요양병원에서 모두가 '큰누님'이라고 부르는 분이 있었습니다. 나이가 제일 많기도 하고, 배포도 크셨습니다. 큰누님 병실은 3분의 2가 살림살이로 꽉 차 있었습니다. 뭘 저렇게 쌓아두었나 했더니, 온갖 음식과 약초였습니다. 어디서 재료를 공수해 오는지 개똥쑥 차, 와송 주스, 감잎 차, 차가버섯 차, 해독 주스, 다시마 진액 등 암에 좋다는 것들로 가득했습니다.

큰누님 방에서는 매일 무언가를 만드는 소리가 들렸습니다. 달그락달그락, 윙 하는 소리가 그치고 나면 곧바로 호출! 큰누님은 희망하는 사람에 한해 음식이나 음료를 나눠주었고, 먹는 것을 좋아하는 나는 당연히 희망자 명단에 이름을 넣었습니다(호출이 있을 때마다 달려갔다가 살이 너무 쪄서 일주일 후부터는 아침에 해독주스 한 잔만 얻어 마셨습니다). 큰누님이 주시는 음식은 맛도 맛이지만 몸에 좋다는 말 때문인지 마시는 즉시 건강해지는 것 같았습니다. 그러던 어느 날, 매일 다른 메뉴의 음식을 받아들던 나는 큰누님에게 물었습니다.

"항암 음식(음료)은 암을 치료하는 데 도움이 되려고 먹는 건데, 이것저것 섞어서 먹으면 어느 것 때문에 건강해졌는지 어떻게 알아요?"
"그런 거 필요 없어! 병만 나으면 장땡이지!"

한 방 맞은 듯한 느낌이었습니다. 그렇지. 내가 의사도 아니고, 제약회사를 만들 것도 아닌데, 왜 그런 고민을 한 것일까. 우문현답, 명쾌한 결론이었습니다. 모로 가도 서울만 가면 되는데 말입니다. 우리는 생각이 너무 많습니다. 이 생각 저 생각 하느라 행동해야 할 시간, 타이밍을 놓쳐버리기도 합니다. 생각이 많아지면 잡생각이 따라옵니다. 잡생각이 즐거운 상상으로 가득하면 기분이라도 좋겠지만, 잡생각에는 대개 부정적인 생각이 슬그머니 섞여 들어옵니다.

일이 잘 풀리지 않을 때는 해결 방법만 고민하면 되는데, 내가 못나서 그런가, 지지리 운도 없지, 내 주제에 뭘 잘할 수 있겠어, 그때 이렇게 했어야 했나, 그 사람이 도와주지 않아서 그런가 등 등 하지 않아도 될 생각이 꼬리에 꼬리를 뭅니다. 생각이 긍정과 부정의 균형을 딱 맞춰 흘러가면 그나마 낫겠지만, 희한한 것이 생각은 긍정적이기보다는 부정적으로 흘러가기 쉽습니다.

한 연구팀에서 한 가지 실험을 했습니다. 두 팀으로 나누어 한쪽은 시간을 아주 짧게 주고, 한쪽은 시간을 넉넉하게 주고 물건을 고르게 했습니다. 어느 쪽이 좋은 물건을 골랐을까요? 얼핏 생각하면 시간을 넉넉하게 사용할 수 있는 후자 쪽일 것 같습니다. 하지만 좋은 물건을 고른 쪽은 첫 번째 팀이었습니다. 시간을 짧게 준 팀은 물건에서 가장 필요한 부분, 가장 중요한 부분만 체크해서 효율적으로 고른 반면, 시간을 넉넉하게 준 팀은 이것저것 비교하고, 고민하고, 걱정하다 결국 자가당착에 빠져 나쁜 선택을 한 것입니다. 결국 생각할 시간이 많아 봤자 좋을 것이 없다는 의미입니다. 생각을 거듭해 봤자 효율성만 떨어집니다.

긍정적이거나 행복한 생각에 세금을 매기는 것도 아닌데, 좋은 상상, 즐거운 생각을 하기가 왜 이렇게 힘든 것일까요? 선천적으로 타고난 것인지, 자라날 때의 양육 환경 때문인지, 인간이 원래 그런 것인지는 잘 모르겠지만, 어쨌든 부정적인 생각은 위력이 세서 한번 휘말리면 툴툴 털어 떼어내기가 쉽지 않습니다. 부정적인 생각은 결국 마음을 병들게 하고, 마음이 병들면 육체에도 영향을 미칩니다. 무기력하고, 우울하고, 웃음을 잃어버린 사람은 대개 마음이 병들었기 때문입니다.

생각은 많이 하는 것이 아니라 깊고 짧게 해야 합니다. 그리고 행동해야 합니다. 그런데 우리는 반대입니다. 생각에 생각을 거듭하느라 몸은 좀처럼 움직이지 않습니다. 운동을 할까 말까, 헬스를 할까 요가를 할까, 요가복을 살까 말까, 아침 운동이 좋을까 저녁 운동이 좋을까, 혼자 운동할까 친구와 같이 할까, 생각만 10년째 하고 정작 운동은 하지 않습니다. 몸은 자꾸 비대해지고, 자기 자신에 환멸을 느끼며, 마음은 황폐해집니다. 괴롭히는 사람 없어도, 자기 혼자 괴롭습니다.

큰누님은 명쾌했습니다. 이 음식이 과연 나를 낫게 할까, 혹시 사기당하는 게 아닐까, 먹어서 안 나으면 어떡하지, 부작용은 없나 고민하는 대신 재료를 찾고, 음식을 만들고, 먹었습니다. 나누는 즐거움까지 누렸습니다. 그래서인지 큰누님 방은 늘 활기가 넘치고, 환했습니다. 단순하고 긍정적인 분이 암에는 왜 걸리셨을까, 항상 의문이었습니다.

암 요양병원에서 친하게 지냈던 분들이 있습니다. 7인방이라고 부를 정도로 친했던 만큼 속사정까지 두루 알게 되었는데, 거의 예외 없이 심각한 스트레스에 노출되어 있었습니다. 누군가는 재산 문제로, 누군가는 배우자 문제로 속을 썩이고 있었습니다. 대부분 몸에 좋다는 음식 위주로 먹고, 운동 등 온갖 좋은 것을 하고, 의사의 지시를 철저하게 따랐습니다. 그렇지만 근본적인 문제를 해결하지 않고 집으로 돌아간 몇몇 분은 결국 암이 재발하거나 전이되어 생을 마감하고 말았습니다.

나는 암을 마음의 병이라고 단정한 이후 뼈를 이어 붙이는 대수술을 세 번이나 받았지만, 더는 재발이나 전이에 대한 불안이 없었습니다. 왜 내게 암이 생겼는지 그 이유를 알았고, 그 원인을 제거했기 때문입니다. 수술이 힘들기는 했지만, 그것은 그저 정형외과적인 문제에 지나지 않았고, 더는 나를 암 재발의 불안에 떨게 하지 못했습니다. 암에 걸리지 않았더라면 결코 몰랐을 깨달음이었습니다. 그리고 감사하게도 암을 통해 나는 인생의 소중한, 더 많은 깨달음을 얻을 수 있었습니다.

큰누님을 생각하며 다시 한번 구호처럼 외쳐봅니다.

생각은 단순하게, 행동은 신속하게!

걱정과
불안의 차이

*　*　*

매년 1월 1일이면 나는 총자산을 점검해봅니다. 흩어져 있는 통장과 주식 잔고 등을 체크해 1년 동안 어느 정도 변화가 있었는지 적어두는 것입니다. (돈이 많아서가 아니라 너무 없어서 생긴 습관이니 오해 없으시길)

암 진단, 수술, 재수술, 요양병원 생활을 거치며 꽤 오랫동안 돈 버는 일을 할 수가 없었습니다. 그런데 암 판정을 받았던 2012년도와 2015년도의 총자산을 비교해보니 약 1,000만 원 정도밖에 차이가 나지 않았습니다. 아픈 와중에도 먹고사는 문제로 많이 고민했는데, 속앓이를 한 것에 비해 자산이 별반 달라지지 않은 것입니다. 일일이 따져본 것은 아니지만, 기본적인 돈을 쓰지 않은 것은 아닙니다. 병원비, 생활비, 교육비 등 쓸 것은 다 썼습니다. 그런데도 내가 심각하게 걱정했던 것과는 달리 마이너스가 크지 않았습니다.

이때 크게 깨달은 게 있습니다. 아등바등, 전전긍긍하면서 사는 것이나 마음 편하게 순리대로 사는 것이나 큰 차이가 없다는 점입니다.

사람 일이 참 웃기는 것이, 내가 한창 잘나가고 있을 때 친한 동생이 아내와 함께 나를 찾아온 적이 있었습니다. 막 보험을 시작했다는 동생의 아내는 내 앞에서 많이 긴장하고 있었습니다. 시작한 지 얼마 안돼서 그런지 소심하게 보험에 관해 설명하는 모습을 보니 측은지심이 생겼습니다. 그래서 이미 가입한 보험을 알려주면서 내 형편에 똑같은 보험 두 개는 들지 못하니 중복되지 않도록 설계해달라고 했습니다. 그렇게 해서 종신암보험을 하나 들었는데, 그러고 나서 6개월 후에 암 진단을 받았습니다. 이때 가입한 것이 CI 보험입니다. 당시에는 어떤 내용인지 잘 알지도 못한 채 가입했는데, 그 보험이 나의 투병 생활에 큰 도움을 주었습니다. CI 보험에 5대 질병의 경우 보험료가 두 배로 나오는 특약이 있습니다. 아마 5대 질병에 걸리는 순간 대부분 죽는다고 보기 때문이 아닐까 싶습니다. 그런데 내가 그 5대 질병에 걸린 것입니다.

나는 안타까운 마음에 상대에게 도움을 주고자 한 것인데, 오히려 그 일로 내가 큰 도움을 받았습니다. 물론 보험 가입 후 6개월밖에 지나지 않은 시점에서 암 판정을 받아 100% 보장을 받지는 못했지만, 만약 그 보험에 가입하지 않았더라면 나는 더 빈곤해졌을지도 모릅니다. 우연이 만든 결과가 우연을 낳았는지, 인생이란 것이 원래 그런 고리로 이어져 만들어지는 것인지는 모르겠습니다. 그렇지만 주변을 돌아보면 먹고 죽을 돈도 없다 하는 사람도, 못 살겠다 못 살겠다 노래를 부르는 사람도 아이들 학원 보내고, 외식하고, 쇼핑도 하면서 살아갑니다. 아, 결국 어떻게든 살아지는구나. 인생의 소중한 깨달음을 얻는 순간이었습니다.

유독 걱정이 많은 사람이 있습니다. 일어나지도 않은 일로 걱정하고, 불안해합니다. 한번 생겨난 걱정거리는 점점 세력이 불어나 결국 마음을 집어삼키고, 결국은 정상적인 판단을 마비시키기도 합니다. 안 궁금하겠지만, 이것은 뇌과학으로 설명할 수 있습니다. 걱정은 주로 뇌의 전전두피질과 전방대상피질의 몇몇 부분이 연결되어 매개하고, 불안은 변연계 내의 회로들이 매개하니다. 재미있는 것은, 계획을 세우는 회로와 걱정하는 회로가 동일하다는 점입니다.

인간을 특별하게 만드는 것 중 하나가 뇌의 많은 부분을 차지하는 전전두피질입니다. 전전두피질은 복잡한 수학 문제를 풀고, 이케아 가구를 조립할 수 있게 하며, 우주인을 달에 보내고, 저녁 모임을 성공적으로 치를 수 있게 해줍니다. 그런데 이때 문제를 해결하지 못하는 상황이 발생해 부정적인 감정이 더해지면 순간적으로 뇌는 '걱정회로'로 빠져듭니다. 그리고 일어나지 않을 일을 상상하며 걱정은 계속해서 공기를 주입하는 풍선처럼 부풀어 오릅니다.

나는 이 걱정과 불안이 햄버거 세트, 바늘과 실, 단팥빵 속의 앙꼬처럼 떼려야 뗄 수 없는 것이라고 생각했습니다. 어떻게 불안해하지 않으면서도 걱정할 수 있을까요? 반대로 어떻게 걱정하지 않으면서 불안해할 수 있을까요? 나는 걱정과 불안은 연동된다고 믿었습니다. 하지만 세계적 신경과학자이자 우울증 전문가인 앨릭스 코브는 이 두 개가 완전히 별개라고 말합니다.

걱정은 주로 '생각'을 기반으로 하는 데 반해, 불안은 '신체 감각'과 깊은 관계에 있습니다. 걱정은 전전두피질이 관장합니다. 전전두피질과 변연계의 상호작용, 그중에서도 특히 전방대상피질과의 상호작용도 걱정에 관여합니다. 그러나 불안은 오직 변연계가 담당하며 주로 편도체와 해마, 시상하부 사이의 상호작용이 중요하게 관여합니다.

요약하자면 걱정은 잠재적 문제에 관해 '생각하는 것'이고, 불안은 잠재적 문제를 '느끼는 것'이라고 할 수 있습니다. 둘은 엄연히 다르지만, 종종 서로를 촉발하는 경우가 있습니다. 예를 들어 비행기에 타고 있는데 난기류로 비행기가 흔들리면 처음에는 문제가 생긴 게 아닌지 걱정이 들다가, 걱정이 커지면 어느새 불안해져서 손에 땀이 나고 가슴이 빠르게 뛰기도 합니다. 반대로 약속이 있어 외출하던 중 나도 모르게 걸음이 빨라지며 불안을 느낄 때, '버스가 바로 오겠지?', '혹시라도 늦는 건 아니겠지?' 하며 괜히 없던 걱정이 들기 시작합니다. 이때는 불안이 걱정을 촉발한다고 할 수 있습니다. 문제는, 불안은 감지하기 어렵다는 점입니다. 이것이 바로 걱정과 불안을 구별해야 하는 이유입니다.

걱정과 불안을 구분하지 못하면 문제가 발생해도 곧바로 알아차리지 못합니다. 많은 사람이 신체적 증상이 있어도 그것이 불안 탓이라는 사실을 인지하지 못합니다. 숨이 가쁘거나 어지럽거나 근육이 긴장되거나 배탈이 나거나 가슴에 통증이 있거나 하는 증상이 실은 불안 때문일 수 있습니다. 다시 말해 불안을 의식하는 것이 불안을 더는 가장 중요한 첫걸음입니다. 존재하는지도 모르는 것을 고칠 수는 없기 때문입니다.

앨릭스 코브는 '걱정을 생각하고, 불안을 감각하라'고 말했습니다. 불안을 의식하는 것이 불안을 없애는 가장 중요한 첫걸음이기 때문입니다. 불안을 의식해야 거기에서 빠져나올 수 있습니다. 원래 그렇게 생겨 먹었다고 생각하는 것은 핑계이자 자기 합리화입니다. 불안에서 벗어날 수 있어야 합니다. 불안은 잘못된 신념을 만들어내고, 가지 말아야 할 길로 가게 만듭니다. 내가 그랬습니다. 두 번의 수술 실패로 불안이 극에 달한 탓에 정상적 판단을 하지 못했습니다. 불안에 휩싸여 멀쩡한 무릎까지 잘라내려 했습니다. 지금 생각하면 섬뜩합니다.

걱정도 불안도 모두 마음에서 시작됩니다. 마음을 잘 다스리면, 전부는 아니겠지만, 어느 정도는 줄일 수 있습니다. 만약 내가 걱정하는 대신 침착하고 냉정하게 경우의 수를 따져보았다면, 멀쩡한 무릎을 잘라내고 인공관절을 대겠다는 결심을 했을까요?

사람이 균형을 잃고 한쪽으로만 의심하기 시작하면, 모든 것을 자기 생각대로 꿰맞추게 됩니다. 걱정과 불안은 늪과 같아서 한 발만 빠트려도 점점 더 헤어나오지 못하고 더 깊이 빠져들게 됩니다. 프랑스 철학자 미셸 몽테뉴도 말했습니다. "나의 삶은 끔

찍한 불행으로 가득 차 있었고, 그중 대부분은 일어나지도 않은 불행이었다"고.

"공부를 많이 하면 공부가 늘고, 운동을 많이 하면 운동이 늘고, 요리를 많이 하면 요리가 느는 것처럼 무언가를 하면 할수록 늘게 됩니다. 그러니 걱정하지 마라. 더 이상 걱정이 늘지 않게." - 글배우

문제가 생기면 걱정할 시간에 해결 방법을 고민하는 것이 맞습니다. 내가 할 수 있는 방법을 쭉 적어보고, 실현 가능성이 낮은 것을 제하고 가능성이 있는 방향으로 행동에 옮기는 것이 가장 빠른 문제 해결 방법입니다. 할 수 있는 게 없다면 걱정이 무슨 쓸모가 있겠는지요.

"인간은 사건 자체가 아니라 사건에 대한 생각에 의해서 고통을 받는다" - 노예 출신 철학자 에픽테투스

자화만사성

행복이란 무엇일까요? 행복해지기 위해서는 먼저 행복을 알아야 하는 것이 아닐까요. 세상에는 행복에 대한 수많은 정의가 있습니다. 가까운 곳에서 행복을 찾아야 한다거나, 세상을 바라보는 관점을 바꿔야 한다거나, 세상을 고요한 마음으로 관찰해야한다는 식으로, 개인의 가치관에 따라 주장하는 행복의 모습이 다 다릅니다. 그러므로 무작정 누군가의 행복해지는 법을 따라한다고 행복해질 수는 없습니다. 먼저 나만 알 수 있는, 내가 행복해지는, 나만의 행복을 찾아야 합니다.

살다 보면 옛말이 틀린 게 하나 없구나, 하는 생각이 드는 경우가 종종 있습니다. 그중 하나가 집안이 화목하면 모든 일이 잘 풀린다는 의미의 '가화만사성(家和萬事成)'입니다. 오랫동안 유교 사상이 뿌리내린 우리나라에서 이 말은 남자가 밖에서 일을 잘하려면 가정이 안정되어야 하고, 그러려면 아내가 내조를 잘해야 한다고 해석되기도 합니다. 나 역시 어릴 때부터 그렇게 배우며 자랐습니다. 그래서인지 젊었을 때 나는 아내에게 불만이 많았습니다.

가장으로서 가족을 위해 열심히 일하지만, 집에서 제대로 대접받지 못하는 것 같고, 항상 외면당하는 느낌이었습니다. 그러다 보니 부부 싸움이 잦고, 아이들과의 관계도 좋지 못했습니다. 가정에서 안정을 찾지 못하고 불화가 잦으니 바깥에서 받는 칭찬은 아무 소용이 없었습니다. 몸이 아프면서 싸움은 더욱 잦아졌습니다.

어느 날 깨달았습니다. 가화만사성 이전에 '자화만사성(自和萬事成)'이 되어야겠구나. 내가 바로 서고, 내 마음이 튼튼해야 여유가 생기고, 여유가 생겨야 상대를 이해할 수 있고, 가화만사성이 되는구나, 라고.

요양병원에서의 일입니다. 병실을 바꾸면서 같은 방을 쓰게 된 폐암 환우가 며칠 동안 아침저녁으로 기침을 했습니다. 왠지 신경이 쓰였습니다. 어느 날, 평소 웬만해서는 기침을 하지 않던 내가 밤마다 간헐적으로 기침을 하기 시작했습니다. 기침이 한번 터지면 몇 시간 동안 끊이질 않았습니다.

이때부터 나의 뇌는 정상적인 기능을 멈췄습니다. 밤에 하는 기침, 폐 전이 증상, 폐암 전염 등을 검색해보았습니다. 찾아보면 볼수록 증상이 폐암과 비슷했습니다. 불안감이 극에 달했습니다. 폐암이 전염된 것 같고, 환우가 기침할 때 마스크를 쓰고 있었어야 했는데, 하는 자책감이 밀려왔습니다. 암 환자들이 가장 두려워하는 것 중 하나가 전이나 재발입니다. 특히 골육종은 재발하거나 폐로 전이되면 거의 살 가망이 없습니다.

내가 유별나서 그런 것이 아닙니다. 환자들은 신경이 예민해지다 보니 암을 진단받기 전에는 아무렇지도 않았던 사소한 증상 하나하나까지 모두 병의 이상 전조로 느낍니다. 밥이나 물을 마시다 사레가 걸릴 수도 있고, 잘못된 자세로 자다 보면 어깨가 결릴 수도 있습니다. 일반인은 대수롭지 않게 넘기고, 환자 자신도 건강했을 때는 무심코 넘겼던 증상인데도 암이 재발했나, 전이되었나, 덜컥 겁부터 먹게 됩니다. '자라 보고 놀란 가슴 솥뚜껑 보고 놀란다'는 말이 괜히 나온 게 아닌 것입니다. 암이 공기 중으로 전염될 리 없는 데도, 그게 말이 안 된다는 생각을 못 합니다.

아예 뇌가 정지해버리는 것입니다. 병만 그럴까요. 한번 집에 도둑이 들었던 사람은 바람에 창문만 덜컹해도 도둑인가 싶고, 애인에게 버림받은 적 있는 사람은 카톡 답신이 조금만 늦어도 상대방이 딴생각을 먹지 않았는지 전전긍긍합니다. 이렇게 인간의 마음은 유리보다 더 가냘프고 약합니다.

결론적으로 상상 속 나의 폐암은 과식(?)으로 인한 위염으로 밝혀졌습니다. 과식으로 인한 위염이라니… 정말 웃기는 일입니다. 하지만 그 사실을 알기 전까지 걱정의 덫에 갇혀 잠도 자지 못하고 안절부절못했습니다. 사람 마음이 간사한 것이, 혼자서 이것저것 정보를 찾아볼 때는 불안으로 목이 죄는 것 같더니, 위암에 걸려 폐 전이까지 되었던 분이 내 증상을 듣고 "폐 전이는 증상이 없다. 배 안쪽에서 찌르는 느낌은 폐가 아니라 위장 쪽인데, 과식 때문일 확률이 높다. 걱정하지 마라"고 한마디 하니 그때까지도 그칠 생각을 하지 않던 기침이 싹 사라지고, 컨디션까지 좋아졌습니다.

단순한 해프닝으로 생각할 수도 있습니다. 그러나 이 일은 인간의 유약함을 단적으로 보여주는 예라고 생각합니다. 눈에 보이지 않는 걱정, 불안이 사람을 어디까지 비이성적으로 만들 수 있는지를 제대로 경험했습니다. 걱정과 불안은 괴물처럼 나를 통째로 집어삼키고, 이성을 마비시켰으며, 나라는 존재 자체를 뒤흔들었습니다. 참 대단한 위력입니다.

인간은 눈에 보이는 것보다 보이지 않는 것에 더 많이 좌우됩니다. 사랑, 행복, 믿음, 기쁨 같은 긍정적인 마음도, 불안과 걱정, 분노, 짜증, 질투처럼 부정적인 감정도 눈에 보이지 않습니다. 이 감정에 의해 우리는 웃기도 하고 울기도 합니다. 만약 물질만이 우리의 행복을 좌우하는 것이라면, 많은 것을 소유한 부자들은 항상 행복해야 합니다. 과연 그런가요? 많이 가진 사람들도 불행하고, 불안하고, 걱정이 있습니다.

결국 부정적인 감정과 긍정적인 감정의 추가 어느 쪽으로 기우느냐에 따라 삶의 질이 달라집니다. 마음이 부정적인 감정으로 가득 차 있으면 내가 있는 곳이 지옥입니다. 걱정으로 밤을 새운 그날 밤이 내겐 지옥이었습니다. 스스로 친 걱정의 덫에 빠져 그 속에서 허우적댄 거지요.

내가 단단해져야 여유가 생기고, 여유가 생겨야 그제야 행복으로 가는 길을 열 수 있습니다. 마음의 커튼을 열고 바깥세상을 제대로 보기 위한 첫 단계는 자화만사성이 아닐까요.

마음이
따뜻해지면

나는 '마따'라는 단어를 좋아합니다. 마따(また)는 일본어로 '또, 다시'라는 의미로, '또 만납시다(また会いましょ)'라거나 '다음 기회에(またの機会)' 등으로 이용됩니다. 무 자르듯 한 번에 끝나지 않고, 다음을 기약할 수 있다는 것은 얼마나 아름다운 일인가요. 내가 만들어낸 말이지만, 마따는 우리말로 '마음이 따뜻해지는'의 줄임말이며, 내가 운영하는 카페의 이름이기도 합니다.

나는 나를 '마따인'이라고 부르고 싶습니다. 사람들에게 내가 암으로 얻은 깨달음을 전하며, 행복을 심어주고, 마음을 따뜻하게 만들어주는 사람이 되고 싶고, 많은 사람이 나를 다시 찾아주었으면 하는 바람이 있기 때문입니다.

마따인이 되겠다고 결심한 것은 나의 항문(?) 덕분입니다. 앞서 이야기한 항문농양으로 고통이 극에 달했을 때였습니다. 좌약이라도 하면 좀 나을까 해서 아내에게 약국에 좀 다녀오라고 부탁했습니다. 1분이 1시간처럼 느껴졌습니다. 이쯤이면 약국에서 왔겠지 싶어서 아내를 불렀습니다. 그런데 아내는 아이들 밥 먹이고 뒤치다꺼리하느라 그때까지 나가지 못하고 있었습니다. 남편은 고통으로 신음하고 있는데, 하나도 신경 쓰지 않는 것 같아 화가 머리끝까지 치밀었습니다. 물론 그래서는 안 되었고, 두고두고 원망을 들을 행동이었지만, 벌컥 화를 냈습니다(환자의 히스테리입니다). 놀란 아내는 부랴부랴 아이들까지 데리고 약국으로 달려갔습니다. 혼자 남은 나는 마음을 다스리기 위해 음악을 틀었습니다. 그리고 순간 계시처럼 번쩍, 생각이 들었습니다.

'만약 내가 다시 살 수 있다면 다른 이들의 마음을 따뜻하게 하는 사람이 되어야지…'

거창하게 '마따인'이라고 했지만, 그냥 웃음과 감사를 전하는 사람입니다. 나는 중학생 때부터 MC를 도맡았습니다. 말을 재미

있게 하고, 곧잘 사람을 웃긴다는 소리를 참 많이 들었습니다. 어디에서든 좌중을 휘두르는, 자칭타칭 분위기 메이커였습니다. 게다가 몇 년 동안 연기자로서 활동도 했습니다. 이런 일련의 과정이 주마등처럼 떠오르며 앞으로 남은 삶은 사람들에게 기쁨과 웃음을 전하는 사람으로 살아야겠다는 생각이 들었습니다. 고통의 순간에 왜 갑자기 그런 결심을 했는지는 잘 모르겠습니다. 분명한 것은, 내 의지가 아니었다는 점입니다. 그리고 한동안은 그 마음을 잊고 지냈습니다.

그러다 요양병원에서 지낼 때였습니다. 일반 병원도 그렇지만, 요양병원 같은 곳에는 우울한 환자들을 격려하고 위로하기 위한 프로그램이 많습니다. 그중 가장 흔하게 볼 수 있는 것이 웃음치료입니다. 내가 있던 병원에서도 웃음치료가 있었는데, 한번은 어떻게 진행하는지 궁금해서 보러 갔습니다.

프로그램 수준은 암담했습니다. 하나도 웃기지 않고, 재미도 없었습니다. 억지웃음만 강요할 뿐이었습니다(물론 태생이 분위기 메이커인 나는 그 누구보다 크게 손뼉 치고, 호탕하게 웃고, 율동도 잘 따라 했지요). 그렇게 1시간 남짓 웃음치료를 끝내고 크게 실망해서 병실로 돌아가던 중, 엘리베이터에서 60, 70대로 보이는 환우 두 분의 대화를 우연히 엿듣게 되었습니다.

"아, 오늘 정말 실컷 웃었네. 다음 주는 언제 한다고 했지? 다음 주에 또 가야겠어."

"그러게, 오랜만에 웃으니 좋네그려."

그 순간 깨달았습니다. 환자들에게는 이처럼 대놓고 웃을 기회가 없을뿐더러 이런 프로그램을 원하는 사람이 꽤 있다는 것을. 그것이 내가 보기에는 민망한 수준이라도 말입니다. 나는 몇 달 전의 계시를 떠올렸습니다.

'그래, 이걸 해야겠어! 단, 형식을 바꿔서, 내가 납득할 수 있는 방법을 연구해서.'

나는 몸이 아프면서 마음에 대해 깊은 관심을 갖게 되었습니다. 암의 근본적 원인을 파고든 것은 개인적으로 병에서 얼른 회복하고, 한 걸음 더 나아가 좀 더 효과적으로 건강을 관리하고 싶어서였습니다. 요양병원에서 우연히 웃음치료를 접한 뒤 그에 관한 책과 동영상을 찾아보며 공부했지만, 그저 웃기기 위한 강의는 싫었습니다. 암이 마음의 병이며, 몸과 마음은 분명 연결되어 있다는 확신이 들었지만, 학문적으로, 과학적으로 좀 더 정확하게 알고 싶었습니다. 특히 분노와 자율신경계와의 관계, 분노와 혈관과의 관계 등이 무척 궁금했습니다.

원자력공학을 전공했던 공돌이는 그렇게 사이버대학교 상담심리학과에 편입해 늦깎이 공부를 시작했습니다. 마음 챙김, 평안, 치유, 건강 심리 등 심리학을 배우며 많은 책과 지식을 접했습니다. 그러는 사이 몸은 점점 좋아졌고, 현대의학에서 말하는 '완치'라는 판정을 받았습니다. 지금은 누구보다 건강하게 마따인으로 활동하며 강연도 하고 있습니다.

완치 판정을 받은 내게 "항암치료를 받지 않아도 되나요?"라고 암 환자나 환자 가족이 종종 묻곤 합니다. 나는 의사가 아닙니다. 병리학자도, 과학자도 아닙니다. 이런 내게 항암치료를 받지 않아도 되냐고 묻는 것도 이상하지만, 내가 다른 환자에게 "항암치료 받으세요", "받지 마세요"라며 권하는 것은 더 이상합니다.

내가 항암치료를 받지 않았기 때문에 암이 나았다고 장담할 수는 없습니다. 다만 항암치료가 너무 힘들었고, 항암치료보다 마음치료에 더 믿음이 갔고, 마음치료를 하고 싶다는 생각이 강했으며, 마음치료에 대한 기대감이 더 컸고, 결과가 좋았을 뿐입니다. 항암치료를 받지 않아서 불안하다면 항암치료를 받는 게 나을 것입니다.

　사람은 태어나면서 평안, 감사, 기쁨, 따뜻함을 기본 옵션으로 가지고 태어난다고 생각합니다. 갓난아이들의 모습을 보세요. 배가 부르면 평온하고, 따스하며, 포근하고, 방글방글 미소 짓습니다. 그게 본래 우리의 모습입니다. 그런데 커가면서 분노, 질투, 시기, 공포, 스트레스 등 불순한 감정들이 섞여 들어오고, 이것들이 우리가 가진 본연의 감성을 가려버립니다. 그 막만 걷어낼 수 있다면 지치고 힘든 삶이 조금은 평화로워지지 않을까요. 나는 그렇게 믿습니다. 마음이 따뜻해지면 몸도 저절로 좋아질 거라고.

어디까지
웃어봤니?

나는 웃음 신봉자입니다. 웃음은 땡전 한 푼 들이지 않고도, 운동처럼 시간을 들이지도, 커다란 노력 없이도 할 수 있는 유일한 건강보조제입니다. 게다가 부작용도 없습니다. 웃음의 효과에 대해서는 많이 알려졌지만, 사람들은 보통 웃음을 아주 우습게 생각하는 경향이 있습니다. 내가 마음만 먹으면 언제든지 웃을 수 있고, 특별한 것 없이 누구나 다 할 수 있는 것이라고 생각해서 그런 것 같습니다. 실제로 웃음으로 건강을 되찾은 수혜자로서 참으로 안타깝습니다.

첫 수술 직후였습니다. 거의 12시간에 걸친, 그야말로 죽음의 문턱까지 갔다 온(왔을 것입니다) 대수술이었습니다. 오전 11시에 수술실로 들어가 자정이 다 되어서야 입원실로 옮겨졌습니다. 의식이 채 돌아오지 않은 상태여서 어렴풋하긴 하지만, 서서히 마취가 깨면서 난동을 부렸던 것으로 기억합니다. 마치 다리뼈를 절단해내는 듯한(맞습니다, 진짜 다리뼈를 절단했습니다) 극심한 고통에 비명을 질러댔습니다.

'무통 주사가 있는데, 뭘 그렇게까지'라고 생각하는 사람이 있을지도 모르겠습니다. 그런데 진짜입니다. 나는 마취가 잘못되어 수술 도중에 깨어난 것이라고 확신했습니다. 살을 가르고 뼈를 잘라냈으니 당연한 일일 수도 있겠지만, 두 번 다시 겪고 싶지 않은 고통이었습니다(이런 수술을 두 번이나 더 했으니, 그 고통을 견뎌낸 내가 참으로 대견합니다. 칭찬해주고 싶습니다).

암은 수술이 성공적이어도 3개월이나 6개월마다 정기적으로 추적검사를 합니다. 혈액암의 일종인 골육종은 좀 별난 면이 있습니다. 한곳에 머물러 있지 않고 혈관이나 골수를 통해 몸속을 돌아다니다가 마음에 드는 곳을 발견하면 자리를 잡고 세력을 확장합니다. 뼈와 폐 등 특정 부위에만 재발하고, 전이와 재발 확률도 일반 암보다 높습니다. 물론 골육종뿐만 아니라 다른 암 환자들도 전이와 재발 우려 때문에 수술, 항암치료, 방사선치료를 끝내고도 추적검사를 받습니다.

　나는 수술 후 3개월마다 한 번씩 추적검사를 받았습니다. 엑스레이야 시간도 별로 걸리지 않고 딱히 불편한 것이 없지만, CT와 MRI 촬영은 정밀 판독을 위해 조영제를 투여합니다. 이것이 매우 기분이 좋지 않습니다.

　첫째, 조영제의 점도가 높아 주삿바늘이 굵습니다. 아주 굵습니다. 혈관이 약한 나는 주삿바늘을 꽂고 있는 동안 통증이 가시질 않습니다. 둘째, 조영제가 혈관을 타고 흐르면 타들어가는 듯 뜨거우면서 액체가 흐르는 느낌이 그대로 전달됩니다. 게다가 타는 듯한 냄새 때문에 속이 메슥거립니다.

　촬영실에 들어가 혼자 덩그러니 누워 있으면 드라마 「오징어 게임」에 등장하는 게임 설명자와 비슷한 목소리가 "숨 참으세요", "숨 쉬세요" 합니다. 차갑고 건조한 목소리를 1시간 가까이 듣다 보면 내 처지가 너무 안타깝고 서글퍼집니다. 건강한 사람도 촬영실에 들어가 비슷한 상황에 처하면 나와 똑같은 심정이지 않을까요. 그래서인지 검사일만 다가오면 스트레스 때문인지 소화가 되지 않고 식은땀이 흐르는 현상이 반복되었습니다.

　그러던 어느 날 『웃음의 면역학』이란 책을 읽게 되었습니다. 그때까지만 해도 '웃으면 복이 온다'라는 말은 그냥 '찡그린 것보다는 나으니 웃으며 살자' 정도의 교훈적인 의미로 생각했었습니다(웃음치료 공부를 하기 전입니다). 방송이나 신문에서 웃음의 효과를 들어본 적은 있어도, 진짜 의학적·과학적으로 효과가 있다고는 생각하지 않았습니다.

인간의 유전자에는 약 30억 개의 정보가 들어 있습니다. 이 유전자가 모두 활동하는 것은 아니고, 피아노 건반처럼 두드려야 정보가 튀어나옵니다. 다르게 표현하자면, 유전자에 온/오프(On/Off) 기능이 있습니다. 유전자를 온(On), 즉 활성화시키는 요인은 세 가지가 있습니다. 첫 번째는 외부 자극 같은 물리적 요인, 두 번째는 약물 같은 화학적 요인, 세 번째는 생각(마음) 같은 정신적 요인입니다. 일본 유전자 연구의 일인자인 쓰쿠바대학 명예교수 무라카미 가즈오 박사는 웃음으로 마음 상태를 조절할 수 있음을 과학적으로 증명했습니다. 웃음으로 어떤 유전자의 스위치가 켜지는지를 밝히는 데 성공한 것입니다.

웃음에는 여러 가지 효과가 있지만, 그중 진통 효과가 있습니다. 웃으면 우리가 잘 아는 엔도르핀이 생성됩니다. 이 엔도르핀 효능 중에는 소염, 면역력 증강 등이 있는데, 그중 가장 큰 효과가 진통 효과입니다. 그 효과가 어느 정도냐면 마약성 진통제인 모르핀의 200배 정도라고 합니다. 내가 산 증인입니다.

두 번째 수술이 결정되자 제일 먼저 첫 수술 후 마취에서 깨어났을 때의 그 고통이 계속 떠올랐습니다. 극심한 통증에 대한 트라우마가 생겼던 것입니다. 걱정과 불안이 나의 몸과 마음을 헤집어놓기 시작했습니다. 아무리 걱정과 불안을 떼놓으려고 해도 첫 수술이 기억나며 긴장되고, 식은땀이 흥건하게 흘렀습니다. 고민해봐도 별다른 방법이 없었습니다. 고통을 피하기 위해 내가 할 수 있는 것이라곤 수술 포기밖에 없는데, 그건 선택 사항이 아니었습니다. 결국 나는 웃음의 연구 결과를 내게 적용해보기로 했습니다. 나는 수술실로 들어가기 전에 아내에게 부탁했습니다. 수술이 끝나고 마취에서 깨어나 수술실에서 실려 나올 때 스마트폰으로 동영상을 찍고, 내게 웃으라고 말해달라고. 웃음의 미니멀라이프를 체험해보기 위해서!

12시간 가까운 대수술을 끝내고 수술실에서 나왔습니다. 아내가 밖에서 기다리고 있다가 휴대폰을 들이밀며 말했습니다.

"웃어!"

12시간이 넘는 수술로 오랫동안 누워 있었던 데다 마취가 완전히 깨지 않아 의식은 몽롱했지만, 확실하게 알 수 있었습니다.

서서히 통증이 심해지고 있었습니다. 아내의 명령에 내가 부탁한 것이 생각났습니다. 정신을 차리고 웃으려고 노력했습니다. 내 입술에서는 웃음이 아니라 신음에 가까운 소리가 났습니다. 하지만 나는 계속 웃었습니다(웃으려고 했습니다). 당시에는 웃는 데 집중하느라 깨닫지 못했지만, 정신을 차리고 보니 첫 수술 때 느꼈던 그 통증이 느껴지지 않았습니다. 물론 전혀 아프지 않았다는 것은 아닙니다. 하지만 트라우마로까지 남았던 그 통증보다는 훨씬 줄어든 것이 확실했습니다. 진통제 효과가 떨어져 아파서 신음할 때마다 아내는 말했습니다.

"웃어!"

신기한 것이, 웃기 시작할 때는 모르지만, 계속 웃다 보니 새로운 웃음이 생겨나고, 웃음의 정도도 점점 강해졌습니다.

인간의 뇌는 멍청합니다. 진짜 웃음과 가짜 웃음을 구분하지 못합니다. 즉, 웃으면 기쁘다고 감지하는 것입니다. 그러면서 엔도르핀이 분비되고, 엔도르핀이 진통제 역할을 하는 것입니다. 웃어서 행복한 것이 아니라 웃다 보면 행복해진다는 말이 그래서 나온 것입니다.

옆에서 지켜보던 간호사는 자신이 병원에서 일한 지 10년 가까이 되는데, 수술 직후 웃는 환자는 내가 처음이라며 놀라워했습니다. 이후로 나는 철저한 웃음 신봉자가 되었습니다. 뻥이 심하다고요? 믿을 수 없다고요? 거짓말이라고요?

해본 것과
해보지 않은 것의 차이

* ·✹· *
✶

애플 제품을 사용하지 않더라도 애플의 로고 모양은 대충 알고 있을 것입니다. 한 입 베어 문 사과. 맞습니다. 그게 애플 로고입니다. (애플 로고를 검색하지 말고) 종이와 펜을 꺼내 알고 있는 대로 한번 그려봅시다. 어떤가요? 제대로 그렸나요?

미국의 한 대학에서 이와 비슷한 실험을 했습니다. 각각 천 명씩 두 그룹으로 나누어 a 그룹은 비슷비슷하게 그린 애플 로고 12개(사과 꼭지의 모양과 방향, 베어 문 형태와 위치 등등이 다른)를 보여주고 하나를 고르라고 했고, b 그룹은 펜을 나눠주고 직접 그려보라고 했습니다. 몇 명 정도가 제대로 맞추고, 그렸을까요?(미국

인 가운데 50% 정도가 애플 제품을 사용하고 있다고 합니다)

a 그룹에서 애플 로고를 맞춘 비율은 절반이 채 되지 않는 47%였고, 직접 그리라고 요청한 b 그룹에서 애플 로고를 제대로 그린 사람은 겨우 1.7%에 불과했습니다. 정말 단순한 로고인데도 불구하고 말입니다. 그런데 더 재미있는 사실이 있습니다. b 그룹에 참석했던 사람들을 다음날 불러 다시 애플 로고를 그리게 했습니다. 이번에는 98%가 제대로 그렸습니다.

이 실험이 유의미한 점은 무엇일까요? 바로 직접 해본 것과 해보지 않은 것의 차이입니다. 우리는 직접 해보기 전에는 막연히 다 알고 있을 것이라고 생각합니다. 애플 로고 같은 일이 세상에는 얼마나 많을까요. 그중 하나가 웃음입니다.

박장대소, 누구나 한 번쯤 해봤을 것입니다. 숨이 넘어갈 듯이 크게 한바탕 웃고 나면 숨이 차고 땀이 납니다. 웃으면 왜 몸이 뜨거워질까요? 크게 웃으면 폐가 열리면서 피가 돌고 혈액순환이 빨라집니다. 크게 웃다 보면 순간적으로 체온이 42도까지 올라간다고 합니다(암세포는 41도부터 소멸된다고 합니다). 인간의 몸은 체온이 1도만 낮아져도 여러 기능이 저하되고 병에 걸리기 쉽답니다. 그래서 우리는 일부러 체온을 올리기 위해 운동도 하고, 반신욕이나 좌욕을 하기도 합니다.

웃으면 운동이 된다는 연구 결과도 있습니다. 박장대소하며 15초를 지속해서 웃으면 100m를 전력 질주한 것과 맞먹을 만큼의 칼로리가 소모된답니다. 만약 찐웃음으로 1분을 웃는다면? 윗몸 일으키기 25회를 한 것과 동일한 효과가 있다고 합니다.

비가 와서 운동을 못 한다? 헬스장에 가려면 운동화를 사야 한다? 운동은 힘들어서 싫다? 웃음의 효과를 제대로 안다면 굳이 돈 써서 힘들게, 스트레스 받아가며 운동하고 다이어트할 이유가 없습니다. 즐겁게 지내며 많이 웃기만 해도 됩니다. 웃음이 만병통치약이라는 말은 헛소리가 아니라 과학적 근거가 있는 것입니다.

우리는 하루에 몇 번이나, 얼마나 웃을까요? 통계적으로 현대 성인 남녀는 하루에 5, 6회 정도 웃는다고 합니다. 그렇지만 15초나 길게 웃을 일이 있을까요? 길어 봤자 4, 5초 정도일 것입니다. 특히 우리나라 사람은 웃음이 적습니다. 잘 웃지 않고, 표정이 굳어 있는 사람이 많습니다. 웃는 데 돈 드는 것도 아닌데, 참 웃음에 인색합니다. 웃으면 만만하게 보인다고 생각하기 때문인지, 살기 어려운 세상이라 웃을 일이 없어서인지, 어릴 때부터 웃는 습관이 없어서 그런지, 누가 웃지 말라고 시킨 것도 아닐 텐데, 웃음에 참 각박합니다.

수술 후 웃음의 효과를 온몸으로 체감한 뒤 일상에도 웃음을 적용해보았습니다. 가끔 무언가에 세게 부딪힐 때가 있습니다. 자동차 문을 닫다가 손가락이 끼인다거나, 아이들과 놀다가 장난 감에 맞는다거나, 물건을 들고 있다 떨어트려 발가락을 찧는다거 나… 상상만으로도 아프지요.

순간적으로 통증을 느낄 때 보통은 "아야!"라고 소리를 지르 거나 "에이씨!"라며 욕을 하기도 합니다. 이럴 때 나는 욕 대신 크 게 소리를 내어 웃어보기로 했습니다. 결과는? 대성공이었습니 다. 거짓말처럼 웃는 순간만큼은 통증은 거의 느껴지지 않았고, 아픔도 그리 길지 않았습니다. 나는 웃음 신봉자에서 웃음 전도 사가 되었습니다. 만나는 사람마다 웃음의 진통 효과에 대해 떠 들고 다녔습니다. 웃음의 효과를 널리 알리고 싶었기 때문입니 다. 어느 날, 한 지인에게서 연락이 왔습니다. 부부가 내 강의를 듣고 웃음에 대해 긴가민가했는데, 남편이 실제로 아플 때 웃었 더니 진짜 통증이 사라졌다는 것이었습니다. 내가 뻥쟁이가 되지 않아서 다행이었고, 그분은 효과를 봐서 다행이었습니다.

웃음은 카타르시스입니다. 미소도 좋지만, 그보다는 '하하하', '호호호' 소리를 내어 웃는 편이 좋습니다. 소리를 내면 몸에 있 던 나쁜 기운이 바깥으로 터져 나옵니다. 정말 배설하면서 정화 되는, 카타르시스를 느낍니다.

우리는 '웃을 일이 없는데 어떻게 웃나', '웃을 일이 있어야 웃지' 하는 말을 자주 합니다. 하지만 행복한 일이 있어서 웃는 게 아니라 웃다 보면 행복해집니다. 매일 행복할 수는 없지만, 행복한 일은 매일 있습니다. 웃음도 마찬가지입니다. 매일 웃을 수는 없지만, 웃을 일은 매일 있습니다. 마음을 열면 웃을 기회는 얼마든지 있습니다.

하루는 문득 '사진도 촬영이라는 표현을 쓰고, X-ray, CT, MRI 모두 촬영이라는 표현을 쓰네?'라는 생각이 들었습니다. 우리는 사진을 찍을 때 거의 본능적으로 손가락으로 V 자를 만들거나 환하게 웃습니다. 찡그리면서 찍은 칙칙한 사진보다 활짝 웃으면서 찍은 사진은 추억을 들춰낼 때마다 사람을 기분 좋게 합니다.

나는 추적검사 때도 최근의 즐거운 일을 떠올리면서 촬영 직전에 활짝 웃어보기로 했습니다. 내가 웃으면 내 몸을 구성하고 있는 세포도 덩달아 상태가 좋아질 것입니다. 그럼 촬영하는 순간 내 몸의 세포도 좋은 모습으로 찍히게 될 것이고, 결과 또한 좋게 나오게 될 것이라고 확신했습니다. 더불어 촬영 전 나를 불편하게 했던 감정들도 자연스럽게 사라지고, 검사 결과가 나오는 1주일 동안 불안해하지 않고, 오히려 기대하면서 기다릴 수 있는

1석 3조의 효과가 있지 않을까 생각했습니다. 비록 검사할 때는 손가락으로 V 자를 만들지도, 소리 내어 웃지도 못하지만, 즐거 웠던 일을 떠올리며 환하게 미소 짓는 것만으로도 충분했습니다.

그렇게 처음 시도했던 웃음의 추적검사 결과가 나오는 날이 왔습니다. 결과는 예상대로 아무런 전이나 재발의 흔적 없이 깨끗하다는 이야기를 들었습니다.

몸이 아프면 마음도 약해집니다. 건강할 때는 괜찮지만, 아플 때는 작은 일에도 괜히 서럽고 우울합니다. 그렇다면 이를 반대로 적용해보면 어떨까요? 마음이 강해지면 몸도 좋아질 수 있습니다. 마음이 강해지는 데에는 여러 가지 방법이 있겠지만, 웃음만큼 즉각적이고 효과적인 방법은 없습니다.

고기도 먹어본 사람이 잘 먹고, 돈도 써본 사람이 제대로 쓸 줄 안다고, 웃어본 자만이 웃음의 힘을 누리고 살 수 있습니다. 웃는 순간만큼은 마음을 내려놓으니, 그것만으로도 얼마나 좋은가요.

웃음은 신이 내린 치료약입니다. 나는 웃을 수 있게 됨으로써 지금의 건강한 내가 있게 되었을 뿐 아니라 설령 앞으로 다른 병에 걸리더라도 그것을 두려워하지 않을 강력한 무기를 장착하게 되었다고 믿습니다. 그것만으로도 천군만마를 얻은 듯, 든든합니다.

감사라는
축복

웃음에 대해 알면 알수록 웃음치료에 대해 체계적으로 공부하고 싶었습니다. 웃음치료사가 되기란 아주 쉽습니다. 돈을 내고 하루 8시간, 이틀만 강의를 들으면 자격증이 나옵니다. 솔직히 돈 받고 파는 자격증 장사라는 느낌이 강했습니다. 비하할 생각은 결코 없지만, 약간의 테크닉만 배우면 누구나 웃음치료사로 활동할 수 있습니다. 웃음에 대한 강한 신뢰가 있는 나는 당연하게 자격증을 땄습니다. 짧은 시간이었지만, 강의에서는 배울 것이 많습니다. 웃음치료에 대해 구체적으로 알게 되고, 기법도 배울 수 있습니다. 강의에서 수십 가지의 테크닉을 가르쳐주는데,

그중 몇 가지는 지금까지도 아주 유용하게 사용하고 있습니다.

웃음의 효과는 과학적으로 증명된 사례가 많습니다. 그런데 내게는 뭔가 2% 부족했습니다. 왠지 마음이 꽉 채워지지 않았습니다. 간이 덜 된 슴슴한 삼치구이? 탄산이 날아간 콜라? 그러던 어느 날, 우연한 기회에 페이스북에서 한 편의 글을 보았습니다. 일상에서 느낀 감사를 기록한 글이었는데, 그 글을 읽는 동안 가슴에 따스함이 스르르 퍼져나갔습니다. 충만함이 느껴졌습니다. 너무 좋았습니다. 그래서 그때부터 페이스북에 감사일기를 쓰기 시작했습니다. 그러자 그것을 본 사람들이 또 '좋아요'를 누르며 자발적으로 감사일기를 따라 쓰기 시작했습니다.

우리는 뉴스나 SNS에서 누군가를 도와주거나 구해주거나 치료해주는 등 감동적인 사연을 보면 울컥하기도 하고, 뭉클함을 느끼며, 대신 감사를 전하기도 합니다. 나와는 전혀 상관없는 타인의 일인데도 말입니다. 그런 감정은 어디에서 오는 것일까요?

전염성이 강한 감사의 힘을 느낀 나는 이번엔 감사에 대해 체계적으로 공부해보고 싶어졌습니다. 책과 동영상을 뒤져보았지만, 감사학이라는 학문은 찾기 어려웠습니다. 가장 가까운 것이 긍정심리학 정도였습니다. 감사와 긍정이 비슷할 수도 있나? 더 열심히 찾아보았습니다. 역시나! 우리나라에 감사지도자협회가 있었습니다. 당장 등록했습니다(이틀 걸리는 웃음치료사와 달리 감사지도자 자격증은 8주 과정입니다).

수업이 시작되었습니다. 지금 가장 원망스럽거나 미운 사람을 종이에 적으라고 했습니다. 나는 일말의 망설임도 없이 형 이름을 적었습니다. 어떻게 형을 난도질할 것인지, 이를 갈았습니다. 강사가 말했습니다.

"지금부터 일주일 동안 그 사람의 감사한 점 100가지를 쓰세요. 과제입니다."

헉! 숨이 턱 막혔습니다. 욕을 해도 모자랄 판에 감사라니. 미운 점이라면 100개가 아니라 1,000개도 쓸 수 있습니다. 감사한 것은 100개는 고사하고 1개도 쓰기도 어렵습니다. 그러나 안 할 수가 없었습니다. 과제를 내지 않으면 자격증을 못 받기 때문입니다. 온종일 고민해서 첫날 겨우 5가지를 쓸 수 있었습니다.

하나밖에 없는 형이라서 감사합니다…
부모님 걱정 끼치지 않으려고 내게 부탁해서 감사합니다…
더는 내게 돈을 빌리지 않아 감사합니다…

며칠을 고민하는 동안, 억지 감사라도 짜내기 위해서는 형과의 추억이 있는 과거로, 과거로 거슬러 올라갈 수밖에 없었습니다. 아주 어릴 때로 돌아가 기억을 끄집어내야 했습니다. 결국 일주일 동안 과제 100개를 모두 채워 넣었고, 발표 시간을 가졌습니다. 결과는?

솔직히 분노가 갑자기 감사로 변하는, 그런 드라마틱한 변화는 없었습니다. 사실 나는 바랐습니다. 내 미움이 사랑으로 바뀌고, 마음이 평온으로 가득하길 말입니다. 하지만 그런 일은 상상 속에서만 가능했습니다. 100감사를 했다고 해서 미웠던 형이 갑자기 사랑스러워지지는 않았습니다.

분명한 것은, 형만 생각하면 뒷골이 뜨거워지고 화가 치밀었던 이전과 달리 100감사 후에는 마음 깊은 곳에 똬리를 틀고 있던 분노가 확연히 줄어들었다는 점입니다. 형이 여전히 밉지만, 예전 같은 응어리는 사라졌습니다. 만약 너무 미운 사람이 있다면 100감사를 한번 해보십시오. 그럼 어떤 기분인지 알게 될 것입니다.

웃음이 마음의 독을 밖으로 내보내 내면을 비워준다면, 감사는 마음의 독이 빠져나간 자리를 온기로 채워줍니다. 비운 공간을 채우면 비로소 온전히 여유가 생기며 마음이 단단해집니다. 그렇게 웃음만으로는 2% 부족했던 허한 마음을 감사로 채웠습니다.

미움, 분노, 질투, 우울 등 부정적인 감정을 안고 있으면 나만 아픕니다. 마음에 나쁜 감정을 담아두고 있으면 그것이 몸으로 드러나게 됩니다. 나는 내가 죽기 싫어 마음 관리를 시작했고, 가끔 분노와 미움으로 자율신경계가 망가지면 그때마다 되뇌입니다.

(내가) 아프다. (내가) 누군가를 미워하면

(내가) 아프다. (내가) 무언가에 절망하면

(내가) 아프다. (내가) 억울해하면

나를 분노하게 한 상대방이나 상황은 두 번째 순위이고, 우선순위는 나, 내 몸입니다. 내 마음이 아프지 않아야 몸도 아프지 않습니다. 누군가 때문에 나를 망가트리도록 놔두어서는 안 됩니다. 그것이 비록 가족일지라도 말입니다.

돌이켜보면 세상에는 가족 이외에 나를 좌지우지할 만큼 중요한 사람이 얼마나 많은가요. 부부도 돌아서면 남이라고 했습니다. 인간이 그렇습니다. 오래 인연을 맺고 살아도 그럴진데, 스쳐 지나가는 인연이 태반인 인생에서 나보다 중요한 사람이 얼마나 많겠습니까. 다른 사람의 감사하는 마음은 어떤 것일까요? 몇 가지 찾아보았습니다.

"내게 '안 된다'고 말해주신 모든 이들에게 감사합니다. 그런 분들 때문에 내가 직접 해낼 수 있었습니다." _ *아인슈타인*
"제가 건강하게 이 자리에 설 수 있게 해주셔서 정말 감사합니다." _ *김연아*
"뛸 수 있는 기회를 주셔서 감사합니다." _ *손흥민*

아인슈타인은 자신을 공격한 부정적인 사람들에게서 감사를 찾았고, 김연아와 손흥민은 승리를 위해 기도하지 않았습니다. 무대에 설 수 있는 건강과 기회에 대해 감사했습니다. 감사로 가득 채워진 단단한 마음이 그들을 강하게 만든 게 아닐까요. 감사도 습관입니다. 감사가 없는 사람의 마음은 거친 사막이지만, 항상 감사하는 사람의 마음은 비옥한 밭입니다.

공부하면서 나의 믿음은 더욱 굳건해졌습니다. 마음의 바다가 거센 격랑인 상태에서는 아무리 좋은 행동, 감사의 말, 사랑이 찾아와도 그것을 느낄 수도, 품을 수도 없습니다. 마음이 아프면 몸까지 아플 수밖에 없습니다.

웃음은 격랑을 잠재울 수 있는 훈풍이며, 감사는 차가운 바다를 따뜻하게 데워주는 빛입니다. 그래서 나는 마음이 아픈 이들에게 이야기해주고 싶습니다. 항상 웃음과 감사를 가까이하라고.

세상에서 가장 쉬운 일,
가장 어려운 일

인간이 사랑을 갈구하는 이유는, 사랑이 마음을 채워주기 때문 아닐까요. 나는 마음의 여유가 생겨 편안해지면 그것이 행복이라고 생각합니다. 어떤 상황이 닥쳐도 내 마음이 단단하고 여유가 있으면 어떤 상황도 내 마음을 다치게 하거나 어지럽히지 못합니다.

마음을 단단하게 만들기 위해서는 필요한 시간이 있습니다. 자신을 들여다보는 시간입니다. 화나는 일이 생겼을 때, 그 순간 '내가 왜 이렇게 화를 내지?'라고 생각하는 사람은 많지 않습니다. 대부분 화를 내는 것으로 끝냅니다. 만약 이때 자신을 돌아볼 수 있다면 화가 줄어들 것입니다. 심리학에서는 이를 '직면'이라고 합니다. 이 직면이라는 것이 사실 쉽지 않습니다. 몰라서 못 하는 경우도 있고, 두려워서 못 하는 경우도 있습니다.

우리가 힘든 것은, 현상에 집착하기 때문입니다. 상황에서 눈을 돌려 그 너머의 것을 보아야 하는데, 이게 말처럼 쉽지 않습니다. 왜 그럴까요? 가장 쉽게 떠오르는 것이 핑계와 원망, 분노이기 때문입니다. 이것은 본능이기도 합니다. 그렇다 보니 자꾸 현상에만 집착합니다. 직면하면 나를, 내가 아닌 제3자로 볼 수 있습니다. 바둑도 직접 두는 사람보다 옆에서 훈수하는 사람이 판세를 더 잘 읽을 수 있는 것처럼, 나를 한 발 떨어져서 보면 나의 온전한 모습을 볼 수 있습니다.

아들과 숙제 때문에 크게 싸운 적이 있습니다. 숙제를 하지 않았다고 야단을 치자 아들이 반항하며 대드는 바람에 화가 나서 해서는 안 될 일을 했습니다. 손찌검을 한 것입니다. 아들은 방으로 들어가 문을 닫아버렸고, 마음의 문까지 걸어 잠갔습니다. 「우리 아이가 달라졌어요」, 「금쪽같은 내 새끼」 같은 육아 프로그램에 등장하던 전형적인 갈등이 우리 집에서도 벌어진 것입니다.

나는 잠시 내가 화가 난 이유를 미뤄놓고, 아들이 왜 숙제를 하지 않았는지 왜 반항하며 대들었는지 생각해보았습니다. 그리고 더 멀리, 더 이전으로 돌아가 우리의 관계에 대해 생각했습니다. 아들이 한창 예민한 중학생 시절, 나와 아내는 바쁘다는 이유로 아들을 방치했었습니다. 수업을 마치고 돌아오면 아무도 없는 텅 빈 집에서 혼자 얼마나 외로웠을까. 바쁠 때는 쳐다도 보지 않다가 내가 시간이 난다고 간섭하니 아들 입장에서는 얼마나 어이없었을까. 갑자기 옛날에 아들에게 퍼부었던 잔소리와 훈계, 그리고 폭언까지 했던 숱한 기억이 소환되었습니다. 물론 어른이 되었을 때 힘들까 봐, 다른 사람에게 무시당할까 봐, 바르게 자라기를 바라는 마음에서, 아들이 잘되었으면 하는 바람에서 한 일이긴 했지만, 모든 것이 가시가 되어 아이에게 박혔을 것이라고 생각하니 마음이 아팠습니다.

나는 조용히 아들의 방문을 두드렸습니다. 그리고 진심으로 사과했습니다. 미안하다고, 이해하려 하지 않았다고, 나의 부족함 때문에 마음에 상처를 주었다고. 아들은 내 사과를 받아주었습니다. 생각해보면 부모의 잘못을 먼저 용서해준 것은 항상 아들이었습니다. 아이들은 성장하는 과정에서 실수하고, 잘못을 저지르며 배웁니다. 어리석어서가 아니라 모르기 때문입니다. 경험해본 적이 없고, 생각이 무르익지 못해서 서툽니다. 그래서 어린이입니다.

아이가 걸음마를 배울 때 뒤뚱거린다고, 넘어진다고 야단치는 부모는 없습니다. 괜찮다고, 잘할 수 있다고 응원합니다. 그런데 어느 정도 자라고 나면 아이들이 여전히 성장 중이라는 사실을 잊어버립니다. 외모가 바뀌면서 어른이라고 착각하는 것입니다. 아직 미숙하고, 서투르고, 실수할 수밖에 없는 어린이인데 말입니다.

만약 화가 난 상황에만 집착했으면 우리의 관계는 심리학의 대가가 와도 돌이킬 수 없을 정도로 틀어졌을지도 모릅니다. 나를 돌아보는 과정이 결코 쉬운 일은 아니었습니다. 내 잘못을 깨닫고 나자 나도 모르게 눈물이 났습니다. 아들에게 사과할 때도 마음이 아파 눈물이 났습니다. 그래서 우리는 직면을 피하고 핑계와 원망, 분노를 쏟아 퍼붓습니다. 그것이 가장 쉬우니까. 이럴 때는 잠시 현 상황에서 벗어나 마음이 아프더라도 자신을 더 깊이 돌아보아야 합니다. 그래야 마음을 회복할 기회가 생깁니다.

요양병원에서 알게 된 형이 있습니다. 폐암으로 시작해서 몸의 모든 장기로 암이 퍼졌고, 뇌까지 전이되었습니다. 병원에서는 수술은 말할 것도 없고 항암치료조차 못 한다고 손을 놓은 상태였습니다. 그러던 어느 날 삼성서울병원에서 항암제 임상 실험 희망자를 모집했습니다. 죽을 날만 받아놓고 있던 형은 임상 실험에 참여했습니다.

이 형은 회를 무척 좋아합니다. 내게 회를 먹으러 가자고 제안했을 때, 나는 깜짝 놀랐습니다. 그도 그럴 것이, 암 환자에게 날것은 금기시되기 때문입니다. 자칫 감염이라도 되면 면역력이 낮은 암 환자는 방어할 길이 없습니다. 그런데 이 형은 다른 날도 아니고, 항암치료를 받는 바로 그날 회를 먹으러 가잡니다.

처음 제안을 받았을 때, 나는 형을 위해 거절했습니다. 그런데 이왕 먹을 거 같이 먹는 사람이 있으면 즐거울 것 같다며 여러 번 부탁하기에 결국 동참하게 되었습니다. 형이 회를 먹을 때 표정을 보면 정말 행복해 보입니다. 항암치료의 고통을, 좋아하는 음식을 먹으면서 이겨내려는 것이었습니다. 항암치료는 3주마다 한 번씩 하는데, 10년이 지난 지금까지 회를 먹고 있습니다. 그렇다고 이 형의 성격이 아주 낙관적이라거나 스트레스를 받지 않는 편은 아닙니다. 우리와 전혀 다름없이 평범합니다(병원에서는 암이 휴면 상태에 들었다고 했고, 나는 형이 즐거운 마음으로 살고자 하기 때문에 지금까지 생명을 연장하고 있다고 믿습니다).

이 형을 통해 나의 음식에 대한 고정관념이 완전히 깨졌고, 또 하나의 깨달음을 얻었습니다. 모든 음식에는 죄가 없고, 단지 음식을 먹는 내 마음 밭의 상태에 따라 그 결과가 달라진다는 것을.

산해진미를 먹어도 내가 고통스러운 상태라면 그 음식은 독이 될 것이고, 반찬이 간장 한 종지뿐이라도 내 마음이 감사로 가득하다면 그 밥상은 진수성찬이 될 것입니다.

이전에는 나도 음식을 까다롭게 골랐습니다. 국산 채소, 그것도 유기농만 찾고, 화학 소주 대신 와인을 홀짝였습니다. 형을 만난 후 나는 음식에서 완전히 자유로워졌습니다. 딱 한 가지 지키는 것이 있습니다. 화가 나거나 불안할 때는 아무것도 먹지 않는다. 그것이 얼마나 몸에 안 좋은지 알기 때문입니다. 덕분에 더 빨리 기분을 풀려고 노력하기도 합니다. 왜냐고요? 배가 고프니까.

만약 지금 상황만 생각한다면 단지 행동에 대한 반성밖에 되지 않습니다. 그렇다면 똑같은 상황이 되풀이될 수밖에 없습니다. 상황에 매몰되어서는 안 됩니다. 상황만 보면 절망적이지만, 내 마음을 깊이 들여다보면 빠져나올 구멍이 보입니다.

'호랑이에게 물려 가도 정신만 차리면 산다'라는 속담이 있습니다. 불행한 일이 일어나거나 화나는 일이 생겨도 일단 상황을 살짝 접어두고, 지금의 상황이 일어나기까지의 과정을 찬찬히 돌아봅시다. 전혀 다른 것을 발견할 수 있습니다. 해법을 발견하기 위해서라도 마음을 따뜻하게 덥히고 단단하게 하는 것은 아주 중요합니다.

그런데,
알약으로 나온 건 없나요?

공부에는 왕도가 없다고 합니다. 공부만 그럴까요? 악기 하나를 배우려고 해도 그렇고, 운동에도 왕도는 없습니다. 부지런히, 쉬지 않고 해야 합니다. 심지어 돈도 그렇습니다. '사장을 가르치는 사장'으로 알려진 기업인 김승호는 가장 빨리 부자가 되는 법은 빨리 부자가 되려고 하는 마음을 버리는 것이라고 했습니다. 빨리 돈을 벌려고 서두르는 마음이 냉정한 판단을 잃게 하고, 빨리 들어온 돈은 들어온 만큼 빨리 나갈 수밖에 없다는 논리입니다. 가까운 예가 로또 당첨자들입니다. 우리 생각엔 수십억 원을 받으면 평생 일하지 않고도 잘살 수 있을 것 같지만, 대부분의 로

또 당첨자들은 2~3년 이내에 파산하고 원래보다 못한 생활로 돌아간다고 합니다. 큰돈을 만져본 적이 없어 어떻게 쓸지를 모르기 때문입니다.

다이어트는 적게 먹고 많이 움직이면 된다.

이 간단한 원리를 모르는 사람이 있을까요? 하지만 많은 사람이 더 쉽고, 더 빠른 다이어트법을 찾아 헤맵니다. 원푸드 다이어트, 황제 다이어트, 한방 다이어트, 요가 다이어트, 디톡스, 간헐적 단식… 이것저것 모든 방법을 닥치는 대로 시도해보고 수없이 요요를 경험한 다음에야 결국 다이어트의 가장 빠른 지름길은 역시 적게 먹고 많이 움직이는 것이라는 사실을 다시금 깨닫습니다. 정크푸드나 기름진 음식을 피하고, 흰쌀 대신 현미나 채소 등 몸에 좋은 음식을 먹고, 오후 6시 이후에는 무조건 금식, 일주일에 3회 이상 30분 이상 땀이 날 정도로 운동하기 등의 까다로운 조건이 붙지 않아도 무조건 적게 먹고 많이 움직이면 살이 빠진다는 것을 압니다. 하지만 다이어트를 해야겠다는 결심이 섰을 때는 또다시 더 쉬운 다이어트 방법을 찾으려 인터넷에서 검색합니다.

요양병원에서는 매주 부원장님의 건강특강이 있었습니다. 하루는 '세로토닌의 힘과 효과'에 대한 강의를 들었습니다.

"세로토닌은 신경전달물질의 일종으로, 행복을 느끼는 데 필요한 호르몬입니다. 식욕, 수면, 근수축, 사고, 학습, 기억력과 관련이 깊습니다. 세로토닌이 원활히 분비되지 못하면 감정 조절이 어려워 우울해지거나 무기력해지며, 달고 기름진 음식을 폭식하게 되고, 불면증 등 다양한 세로토닌 증후군에 시달릴 수 있습니다. 이 좋은 세로토닌을 평소 충분히 활성화시키는 방법이 있습니다. 첫째, 충분히 햇볕을 쐴 것. 특히 야근이 잦거나 실내에서 일하는 사람들은 의식적으로 자주 밖으로 나가서 햇볕을 쐬는 것이 좋습니다. 둘째, 규칙적으로 가벼운 운동을 할 것. 주 2~3회 걷기 또는 달리기를 합니다. 30분 정도면 충분합니다."

너무 간단합니다. 놀랄 만큼 간단합니다. 이것만으로도 행복해진다면 얼마든지 할 수 있을 것 같습니다. 세로토닌의 효능과 효과에 비해 뛰어넘어야 할 허들이 전혀 높지 않습니다. 폴짝 뛸 필요도 없고, 다리만 들어 올리면 됩니다. 요양병원에 있는 환자들이 매일 하는 일상이기도 합니다. 그런데 강연이 끝난 후 질의응

답 시간에 어떤 환자 한 명이 손을 번쩍 들더니 질문했습니다.

"선생님, 그런데, 알약으로 나온 세로토닌은 없나요?"

강의 내내 쉬우면서도 간단하고, 돈도 들지 않고, 부작용도 없는 세로토닌 생성 방법을 알려주었습니다. 그런데 당장 그것보다 더 쉽고, 더 빠른 방법을 물어보는 것입니다. 병이 낫고 싶은 환자의 갈급한 심정이 담긴 질문일 수도 있겠으나, 사람의 게으름과 조급함의 단면을 제대로 보여준 질문이었다고 생각합니다. 1시간 동안 열과 성의를 다한 강사의 노력이 수포가 되는 것 같아 내가 다 머쓱했습니다. 그런데 주변 반응이 더 놀라웠습니다. 그 질문이 나오자마자 여러 명이 동시에 "맞아, 맞아. 어디선가 들은 것 같아", "그래서 알약이 있어요? 없어요?"라며 강사에게 답을 재촉했습니다.

우리는 돈 들이지 않고도 손쉽게 얻을 수 있는 방법은 왠지 강력해 보이지 않고, 효과가 덜할 것 같고, 시간이 오래 걸려서 경시하는 경향이 있습니다. 그래서 좀 더 '단기적'이면서 '효과가 배'가 되는 방법이나 물질을 추구합니다. 그 어떤 다이어트보다 더 쉽고, 빠른 길이 있는데도 보조제나, 약, 기구를 찾습니다. 40년째 다이어트 중인 나 역시 건강한 다이어트란 적게 먹고, 가려 먹고, 많이 움직이는 것이란 사실을 누구보다 잘 알면서 새롭고 혁신적인 방법이라는 말에 혹해서 아까운 시간과 돈을 낭비한 적이 많습니다. 물론 늘 실패했습니다.

나는 마음을 독하게 먹고 탄수화물을 억제하고, 매일 유산소 운동을 1시간씩 하고, 물을 자주 마시면서 정확하게 100일 만에 18kg을 감량한 적이 있습니다. 돈 한 푼 안 쓰고 성공한 것입니다. 이렇게 직접 경험을 하고도 여전히 살이 빠지는 효소 제품에 귀가 솔깃하거나 '단기간에 살 빼는 방법' 같은 키워드로 유튜브 채널을 검색하곤 합니다. 어쩔 수 없는 인간입니다. 그러니 매번 마음을 돌아보고 체크해야 할밖에.

병도 마찬가지일 것입니다. 건강 비법이 따로 있는 것은 아닙니다. 좋은 음식 먹고, 적당히 운동하고, 충분히 휴식을 취하고, 마음을 편히 가지는 것이 왕도입니다. 세로토닌은 알약도 있고 주사도 있습니다. 그러나 병의 궁극적인 치료는 음식이나 약물보다 생각의 전환, 마음의 치유에 있다고 생각합니다. 물론 음식이나 약물이 중요하지 않다거나 좋지 않다는 이야기가 아닙니다. 단지 이 방법들은 차상위의 방법이며, 보조적인 방법으로 인식해야 한다는 것입니다.

마음이 편해지기 위해 붓다처럼 고행에 나서거나 박사 학위를 받아야 하는 것은 아닐 것입니다. 겉으로는 웃고, 마음속은 감사로 채우면 됩니다. 절망과 공포, 분노, 미움과 시기, 우울함으로 마음을 채우면 내가 무기력해지고 난폭해지고 삶을 회피하게 됩니다. 여기에서 탈출하는 방법은 작은 것에 대한 감사를 지속적으로 심어주는 것입니다. 이렇게 꾸준히 심은 감사로 인해 삶은 지탱되고, 혼돈과 공허 속에서 빠져나올 수 있습니다.

한 가지 함정이 있습니다. 우리는 다이어트의 진리도, 마음의 진리도 다 알고 있지만, 실천하지 못한다는 것입니다. 그래서 서점과 유튜브의 단골 소재, 불패 소재가 다이어트와 마음 챙김 아닐까요. 길을 알면서도 끊임없이 보다 쉽게, 간단하게, 빠르게 갈 수 있는 지름길을 갈구하는 인간의 심리를 이용하는 것이겠지요. 나는 이제 빨리, 쉽게 가는 길을 찾는 것은 그만하려고 합니다.

다이아몬드가
나를 행복하게 해줄까?

역사적으로, 희귀한 것은 비싸게 거래되어왔습니다. 향신료가 귀했던 중세 시대에 후추는 '검은 황금'이라 불릴 정도로 매우 가치가 높았습니다. 지금이야 누구나 먹을 수 있는, 있으면 좋고 없어도 크게 불편하지 않을 향신료 중 하나지만, 과거에는 왕이나 귀족들만 먹을 수 있는 권력의 상징이기도 했습니다. 후추 한 줌이 성인 한 명의 1년 치 임금과 맞먹을 정도였고, 유럽인의 후추에 대한 병적 집착 때문에 대항해 시대가 열릴 정도였다고 하니, 인간의 열망과 욕구는 정말 대단합니다.

희소성의 법칙은 유사 이래 늘 인간에게 먹혔습니다. 다이아몬드가 비싼 이유는, 원하는 사람은 많은데 공급이 그만큼 따라주지 않기 때문입니다. 생각해보면 다이아몬드는 인간이 살아가는 데 꼭 필요한 물건이 아닙니다. 배를 불려주지도, 추위를 막아주지도, 심지어 재미있지도 않습니다. 그저 반짝이는 돌일 뿐입니다. 그런데 대추알만 한 다이아몬드 때문에 분쟁이 일어나기도 합니다. 사람들은 아무 소용도 없는 다이아몬드를 보면 부러워합니다. 다이아몬드가 부의 상징이기 때문이겠지만, 이런 현상 자체가 참 아이러니합니다.

희소성의 법칙을 이용해 마케팅을 벌이는 경우도 왕왕 볼 수 있습니다. 한국을 위한 코리안 에디션, 20주년 기념 한정판 같은 예가 대표적입니다. '스니커테크'도 희소성의 법칙을 이용한 재테크입니다(나이키의 에어조던 시리즈의 출시 가격은 30만 원 선이지만, 중고시장에서 200만 원 가까운 가격에 거래되기도 합니다). 일부러 소량만 만들어서 사기 어렵게 만드는 것입니다. 좋게 말하면 희소가치에 집중하는 인간 심리를 이용한 역발상의 판매술이고, 나쁘게 말하면 얄팍한 상술일 뿐입니다. 만약 물건에서 나이키나 샤넬이라는 브랜드를 떼어버리면 어떻게 될까요? 그저 질 좋은 신발과 가방에 불과합니다. 그런데 우리는 100원을 주고 살 수 있는 물건을 10,000원이라는 거금을 치르고 삽니다. 브랜드값을 내는 것입니다.

희소성의 법칙은 병원에서도 적용됩니다. 건강검진을 봅시다. 정부에서 2년마다 공짜로 해주는 건강검진이 있지만, 병원마다 몇십만 원부터 천만 원이 넘는 검사가 따로 있습니다. 차등화를 해놓으니 왠지 비싼 검사를 받아야 병을 더 잘 찾아낼 수 있을 것 같고, 몸도 건강해지는 느낌이 들어 안심됩니다.

비싼 검사 패키지 중에는 몸속의 생화학 변화를 영상화할 수 있는 첨단 영상진단 기법인 PET-CT 검사라는 것이 있습니다. 나도 여러 번 받았던 검사인데 어느 날 TV에서 유럽이나 미국에서는 위급한 상황이나 중병에 걸리지 않는 이상 PET 검사는 거의 하지 않는다는 내용을 보았습니다. PET 검사를 자주 하지 않는 이유는 촬영 때마다 몸속에 주입되는 방사선량이 기준치를 훨씬 뛰어넘기 때문이라는 것입니다. 망연자실했습니다. 극단적으로 말하면, 비싼 돈 내고 내 몸에 방사능을 주입했던 것이었습니다. 한 번도 아니고, 여러 번이나.

요양병원에서도 마찬가지입니다. 요양병원에서 6개월가량 지내면서 항암에 좋다는 음식을 많이 알게 되었습니다. 와송, 후코이단, 개똥쑥, 뱀독 즙, 차가버섯 등 생전 처음 들어보는 이름이 비일비재했습니다. 귀에 익숙하지 않다는 이야기는 값이 만만찮은 것이라고 봐도 무방합니다. 환우들은 흔한 재료는 잘 안 사고, 용하다는 사람이 재배했거나 만든 제품, 비싼 제품을 찾았습니다.

환우들의 간절한 마음은 잘 압니다. 비싸고 귀한 음식이니 몸에도 좋겠지만, 만약 암이 음식으로 쉽게 치료가 되는 병이라면 이미 과학자들은 암을 정복하고도 남았을 것입니다. 그런데 우리는 아직 암의 원인조차 모르고 있습니다. 당시에는 나도 예외가 아니어서 비싸고 희귀해야 몸에 좋을 것이라는 착각 속에 살았습니다.

이제는 그것이 아니라는 것을 분명히 압니다. 물론 나이키 에어조던 운동화가 내 손에 들어온다면 기쁘고, 5캐럿짜리 다이아몬드가 생기면 행복할 것 같습니다. 하지만 물질이 주는 기쁨은 잠깐이고, 그것이 내 인생의 행복을 좌우하지 않는다는 사실은 분명히 자각하고 있습니다.

인생은 깁니다. 내가 계속 공부하는 이유는, 아직도 살아야 하는 긴 세월을 속 편하고 행복하게 살기 위해서입니다. 너무 늦지 않게 말입니다.

나는 어른이 되고 싶다

성숙이란 무엇일까.

하루하루 나를 돌아보고, 마음을 돌보는 것,

그렇게 서서히 익어가는 것 아닐까.

일희일비,
해도 된다

어른이 되고 싶지 않았던 피터팬은 원더랜드에서 영원히 어린이로 남는 것을 선택하지만, 웬디는 현실로 돌아와 어른이 됩니다. 나는 웬디 쪽이었습니다. 빨리 어른이 되고 싶었습니다. 어른이 되면 내 마음대로 할 수 있고, 내가 원하는 것을 이룰 수 있을 줄 알았습니다. 서두르지 않아도, 가만히 있어도 어른은 찾아오는 것인데, 왜 그렇게 조급했던 것일까요.

시간이 흘러 코흘리개 아이는 어른이 되었습니다. 취업을 하고, 결혼을 하고, 아이를 낳고, 한 가정을 이뤘습니다. 어릴 때는 그렇게 어른이 되고 싶었지만, 정작 어른이 되고 나니 어떻게 어른이 되었는지 모르겠습니다. 제대로 된 어른 수업 없이 그냥 어쩌다 어른이 되어버린 듯합니다. 어른은 옛말 '얼운'에서 비롯되었다고 합니다. '얼'은 혼, 마음을 뜻하는 단어로(얼이 빠졌다, 얼이 나갔다 등), 얼에서 파생된 어른은 '마음이 큰 사람'을 의미한다는 설이 있습니다. 어른은 '얼다'에서 파생되었다는 설도 있습니다. 생각이나 판단이 단단해진 사람이라는 것입니다.

이렇게 정의한다면 어린이도 어른이 될 수 있고, 어른도 어린이가 될 수 있습니다. 이 설을 내게 대입해봅니다. 나는 정말 어른인 걸까? 키만 크고 체중만 불었지, 여전히 아이인 채 살아가고 있는 것은 아닌가?(개인적으로, 체중으로 어른과 아이로 구분하지 않아서 정말 다행이라고 생각합니다)

참어른이란 것도 결국 마음의 문제가 아닐까 싶습니다. 어른이 어린이와 같은 마음을 가지고 있다면 그것은 덩치만 큰 어린이일 뿐입니다. 어른이란 마음이 넓고, 많은 것을 포용할 줄 아는 존재입니다. 어린이가 진짜 어른이 되려면 마음이 넓고 포용할 줄 아는 어른에게서 많은 용서와 격려를 받아야 합니다. 그런 관점에서 바라본다면 나는 여전히 어린이입니다.

마음은 쉬운 듯 어렵습니다. 내 마음대로 될 것 같지만 내 마음대로 되지 않고, 아무래도 못할 것 같던 일도 일단 독하게 마음먹으면 단박에 해치우기도 합니다. 긍정적으로 생각하겠다고 의지를 다져도 부정적인 생각이 연기처럼 어딘가로 스며들고, 이깟거 마음만 먹으면 금방 할 수 있지 싶어도 내 마음대로 되지 않기도 합니다. 행복해지고 싶지만, 마음이 따라주지 않아 불행한 듯도, 우울한 듯도 합니다. 내 것인데도 뜻대로 다스리지 못하니 마음이 고요하지 못하고 요동을 칩니다.

『톰 소여의 모험』을 쓴 마크 트웨인이 그랬습니다. "변하지 않은 채 몇 시간이고 지속되는 마음의 상태는 없다"라고. 어쩌면 마크 트웨인의 말이 정답일 수도 있습니다. 마음이란 원래 그렇게 생겨 먹은 것입니다. 그렇게 생겨 먹은 걸 자꾸 억누르려고 하는 게 잘못된 것일 수도 있습니다. 폭풍에 밀려오는 파도처럼, 부글부글 끓는 물처럼 움직이는 것을 꽁꽁 싸매려고 드니 어려운 것입니다.

마음이 넓고 포용력이 있다고 해서 감정을 느끼지 않아야 한다는 것은 아닐 것입니다. 팔십인 할머니가 소녀처럼 보일 때, 구십 먹은 노인이 소년처럼 보일 때는 감정에 솔직할 때입니다. 어른이 되면서 많이 들었던 말이 자신과의 싸움에서 이기기 위해서는 일희일비(一喜一悲)하지 말라는 소리였던 것 같습니다. 성인이라면 자기 감정을 잘 컨트롤할 수 있어야 한다고 했습니다. 너무 좋아서 들뜨면 나쁜 일이 찾아온다고도 했던 것 같습니다. 남자가 울면 다 큰 어른이 운다며 지적질당하고, 여자가 소리 내어 크게 웃거나 잘 웃으면 경박하다고 손가락질하거나 헤프다며 수군거립니다. 작은 일 하나하나에 기뻐하고 즐거워하고 슬퍼하고 분노하는 것은 에너지 소비라고 하고, 어른스럽지 못하다고 합니다.

인간은 감정의 동물입니다. 버튼 하나로 제어되는 로봇이 아닙니다. 작은 일 하나하나를 온전히 느끼고, 자신의 감정에 충실한 것이 나쁜 것일까요? 웃고 싶을 때 웃고, 울고 싶을 땐 울면 안 되는 걸까요? 화가 날 때 왜 꾹꾹 눌러 참아야 할까요? 자신의 감정에 정직한 것이 왜 소모적인 일일까요?

방송이나 SNS에 심리학자나 정신의학자들이 나와서 좋은 말을 많이 합니다. 모르는 이야기가 아닙니다. 나도 압니다. 머리로는. 아이에겐 안 된다고 저지하기보다 '왜 그런지 생각해볼까?' 하며 생각을 유도해야 하고, 야단보치기다는 칭찬하고 응원해야 한다는 것을, 연인에게는 '넌 왜 그래?' 하며 비난할 것이 아니라 '나는 네가 이렇게 해준다면 정말 기쁘겠어'라고 말해야 한다는 것을.

그런데 당장 열이 나서 머리가 폭발할 것 같고, 바로 지금 화가 나서 심장이 튀어나올 것 같은데, 조곤조곤 그런 말이 나오지도 않고, 우선 화가 난 상황에서는 그런 말이 생각나지도 않습니다. 그래서 일단 던지고, 후회합니다.

그러면 그것대로 또 어떤가요. 후회하고, 사과하고, 반성하고, 안아주고, 풀고… 그렇게 사는 것이 아주 나쁘기만 한 것일까요? 이렇게 말한다고 해서 막무가내식의 상식 없는 어른이 되자는 것은 아닙니다. 그저 주변에서 지나치게 이성적인 말만 쏟아놓으니, '사람인데, 저게 될까?'라는 생각이 들어서입니다.

어릴 때부터 우리는 이건 이래서 안 된다, 저건 저래서 안 된다, 남자니까 안 된다, 여자니까 안 된다, 어른이니까 안 된다, 남앞에서는 안 된다, 안 된다, 안 된다, 안 된다는 말만 잔뜩 들었습니다. 커서도 안 된다는 말을 안 듣는 것이 아닙니다.

죽음의 터널을 통과하며 깨달은 것은, 남들이 멋지다고 하는 것, 남들에게 멋지게 보이려고 하는 것, 그 모든 것이 다 부질없다는 것입니다. 누군가 그랬습니다. 내가 죽은 뒤 얼마나 빨리 잊히는지 안다면 절대 사람들에게 잘 보이려 애쓰며 살지 않을 거라고.

'마음이 피곤한 것은 누군가에게 잘 보이고 싶기 때문이다.'

그래서 내 마음에 귀를 기울이는 것이 아니라 자꾸 다른 사람의 말에 귀를 기울이고, 그것 때문에 괴로워하고 힘들어합니다. 이제는 그런 것에 귀를 닫고, 스스로를 내려놓고, 마음 가는 대로 행동하고 싶습니다. 내가 편하고, 내가 좋았으면 합니다(물론 민폐가 되지 않는 선에서).

아침을 밝게 틔우는 찬란한 태양, 봄이면 언 땅을 뚫고 나오는 새싹, 대지를 적시는 빗방울, 무더운 날 땀을 식혀주는 바람 한 줄기에 감사하고 미소 지을 것입니다. 아픈 이야기에 공감하며 눈물 흘려주고, 병든 동물을 보면 가슴 아파할 것입니다. 비록 에너지 소모라고 해도, 기분 좋은 에너지 소모일 것입니다.

우리 앞에 펼쳐진 것을 온전히 누리기 위해서 작은 것을 느낄 수 있는 감성 충만함이 무엇이 나쁜가요. 슬프고 화날 일도 많다면 웃을 일도 많고, 행복해질 일도 많을 것입니다. 단지 그것을 어른스럽게, 성숙하게 느끼고 표현해야 한다는 단서가 붙긴 하겠지만. 어쨌든 한 번뿐인 삶, 풍덩 뛰어들어 일희일비, 해도 됩니다. 아니, 해야 하지 않을까요.

결국 돌아 돌아, 모든 것은 마음으로 귀결됩니다. 그래서 마음을 단련해야 하는 것입니다. 내가 공부하면서 공감했던 몇 가지 마음 단련법을 소개하려고 합니다.

식후 30분,
하루 세 번 챙겨야 할 것은?

요양병원은 비가 오나, 눈이 오나, 햇빛이 쨍쨍하나, 태풍이 불거나 늘 한결같습니다. 정해진 시간에 식사하고, 약 먹고, 운동하고, 의사와 상담합니다. 특히 아침이 분주합니다. 잠들었던 사방이 깨어나 움직이는 부스럭부스럭 소리와 함께 일과가 시작됩니다. 가벼운 스트레칭을 하고, 아침을 먹고, 물리치료나 온열 찜질을 합니다. 공기 좋은 곳에서 규칙적으로 생활하며 영양사가 짜준 식단대로 좋은 것만 먹으니 몸이 나빠지려야 나빠질 수가 없습니다.

선천적으로 허약한 사람도 있겠지만, 건강이 나빠지는 이유는 보통 불규칙한 생활, 과식, 과음, 운동 부족 등 자기 관리를 제대로 못 해서입니다. 아침은 꼭 챙겨 먹어야 다이어트에 효과적이고, 나이가 들수록 위의 기능이 떨어지므로 소식해야 합니다. 야식은 금하고, 영양 밸런스를 고려해 식단을 짜야 합니다. 남자들은 보통 군대에 가면 건강해져서 제대합니다. 말랐던 사람은 살이 찌고, 뚱뚱했던 사람은 살이 빠져서 나옵니다. 제시간에 규칙적으로 식사하고, 매일 운동하기 때문입니다. 이처럼 건강한 육체를 위해서는 지켜야 할 규칙들이 있고, 바쁜 와중에도 끼니를 챙겨야 합니다.

마음의 건강도 마찬가지입니다. 마음이 건강해지기 위해서는 하루 삼시세끼 끼니 챙기듯 내 마음이 평온한지, 아픈지, 상처를 받았는지, 곪았는지, 마음 상태를 챙겨야 합니다.

정신건강의학과 의사 박용철은 자신의 저서 「감정은 습관이다」에서 '하루 세 번 마음을 체크하라'고 말합니다. 방법은 간단합니다. 밥을 먹을 때마다 그 이전 몇 시간 동안 자신의 기분이 어떠했는지 생각해보는 것입니다. 박용철은 부정적인 감정에 빠진 사람들은 작은 행복을 찾는 것을 부담스러워하므로 굳이 좋은 기분을 찾으려고 하지 말고, 처음에는 좋은 감정이든 나쁜 감정이든 상관없이 자신의 마음 상태를 살펴보는 것으로 충분하다고 합니다. 그동안 불안이 무서워 자신의 감정을 외면하고 도망만 다녔다면, 기분을 능동적으로 살피고 마주하는 것만으로도 훨씬 더 나은 마음 상태를 유지할 수 있다고 합니다. 자신의 감정을 인정하면 그 뒤를 따라 긍정적인 감정도 눈에 들어온다는 것이 그의 주장입니다.

나는 가끔 내 마음과 행동이 달라 낯설 때가 있습니다. 아들이 고등학교에 입학하면서 공부와 게임을 두고 갈등이 생겼습니다. 나의 진심은 아들에 대한 안타까운 마음인데, 현실에서는 '나는 아빠고, 넌 아들이니 아빠 말대로 하는 게 옳아'라는 식으로 행동했습니다. 그러다 보니 아들과 늘 대립했고, 특히 시험 기간이 닥칠 때마다 갈등이 극으로 치달았습니다.

문제가 심각해지면서 나는 박용철 선생님이 말하는 대로 하루 세 번, 식사 전후에 이전 몇 시간 동안 내가 어떤 기분이었는지 체크해보았습니다. 그랬더니 마음 깊숙한 곳에서 아들을 향한 나의 사랑을 확실하게 느낄 수 있었습니다. 나의 진심을 확인하고 나자 똑같은 상황이 펼쳐져도 이전과 같은 억압하는 식의 표현이 아니라 아들을 향한 사랑의 감정을 표현하게 되는 경험을 했습니다.

성경에 '항상 기뻐하라 쉬지 말고 기도하라 범사에 감사하라'

라는 말씀이 있습니다. 과거에는 이 말이 '하라'라는 부분에 꽂혀 명령형으로 들렸습니다. 그런데 마음을 공부하다 보니 성경의 그 구절이 명령이나 지시가 아니라는 사실을 깨닫게 되었습니다. 부모가 자식에게 '양치질해라, 씻고 자라, 공부해라, 밥 잘 먹고 다녀라'고 말하는 것은 강압적인 명령이 아닙니다. 명령형의 말에는 그 뒤의 결과, 양치질을 하지 않으면 이가 썩고, 씻고 자면 개운하게 아침까지 푹 잘 수 있고, 공부하면 장래의 꿈 선택지가 넓어지고, 밥을 잘 먹어야 건강을 유지할 수 있는 것을 알고 있기에 하는, 자식을 걱정하는 따뜻한 마음이 담겨 있는 것입니다. 마음을 자꾸 바라보며 내 안의 공격성과 반항성을 없애면 그 뒤에 숨겨져 있는 감사의 마음을 깨닫게 됩니다. 이는 결국 관계의 문제이기도 합니다. 관계가 좋고 나쁨에 따라 똑같은 말도 상대방에게 다르게 전달될 수 있기 때문입니다.

마음을 체크하는 데 있어서 정도의 차이는 있습니다. 분명한 것은 하루 세 번, 끼니마다 몸뿐만 아니라 마음 건강을 체크하는 것이 나의 진짜 감정을 느낄 수 있는 좋은 방법이라는 것입니다. 이후 나는 또 다른 유형의 불안이나 조급함 등의 감정을 매일 체크하게 되었습니다.

뇌는 편안한 것을 좋아합니다. 우리가 달팽이 구이, 상어 지느러미 찜, 토끼 머리 요리처럼 새로운 음식을 찾기보다 김치찌개, 된장찌개, 떡볶이처럼 늘 익숙한 음식을 먹는 것은 뇌가 익숙한 것을 좋아하고, 자극과 어려운 일을 싫어하기 때문입니다. 감정도 습관입니다. 내 마음은 내가 제일 잘 아는 것 같지만, 늘 익숙한 감정에 머물다 보면 그 익숙한 감정이 나의 마음이 되어버릴 때가 많습니다. 또 변화가 두려워 평소 익숙한 감정에 안주해버리는 경우도 있습니다.

하루 세 번 마음 챙기기

언뜻 보기에 귀찮거나 어려워 보일 수도 있습니다. 하지만 실제 해보면 귀찮지도, 어렵지도 않습니다. 하루 세 번 꼬박꼬박 마음 건강 챙기기. 부작용도 없고, 게다가 공짜입니다.

마음 소등

"매일 불은 _끄고_ 주무시나요?"

이 질문을 받았을 때, 당연한 걸 묻는다고 생각했습니다. 그런데 강사가 질문을 다시 했을 때, 단어 하나가 더 들어갔을 뿐인데, 나는 말문이 막혔습니다.

"매일 마음의 불은 _끄고_ 주무시나요?"

요양병원에 입원한 첫날이었습니다. 내 병실은 3인실이었고,

또래의 젊은 남자 환우들이 나를 따뜻하게 환영해주었습니다. 간단하게 병원의 규칙을 듣고 저녁 식사 후 방으로 돌아오니 한창 프로야구가 진행 중이었습니다. 내가 응원하는 엘지와 기아의 경기였는데, 8회 말 엘지가 3-4로 지고 있는 상황에서 1사 만루라는 절호의 기회를 맞고 있었습니다.

잔뜩 긴장해 TV에 시선을 고정한 채 열중해 있었습니다. 그런데 갑자기 TV가 꺼졌습니다. 순간 '어? 정전인가?' 했지만, TV만 꺼졌습니다. 무슨 일인가 했더니, 같은 병실을 쓰는 환우들이 주섬주섬 잠자리에 들 채비를 하는 것이었습니다. 벽에 걸린 시계를 보니 정확하게 9시였습니다. 정해진 취침 시간이라니, 문화적 충격이었습니다.

별수 없이 나도 잠을 청해야 했습니다. 말은 못 했지만, 불만이 컸습니다. 아무리 환자지만 다 큰 어른인데 강제 소등이라니, 10분만 더 보면 되는데 그걸 못 참아주나? 경기는 이겼을까 졌을까? 이렇게 이른 시간에 자는 사람도 있나? 첫날인데 제대로 잘 수 있을까? 머릿속은 작은 벌레들이 기어 다니듯 이런저런 생각으로 들끓었습니다.

잠시 시간이 흐른 후 마음이 잠잠해지자 창밖에서 귀뚜라미 울음소리와 시냇물 흐르는 소리가 들려왔습니다. 바로 옆에 자연이 있는데, 그것도 입원 첫날, 현대 문명에 휩싸여 그 존재를 잊어 버린 것입니다. 도시의 소음이 아닌 자연의 소리를 듣고 있자니 나도 모르게 스르르 잠이 들었습니다. 그리고 다음 날 아침 거짓 말처럼 6시에 눈이 떠졌습니다. 상쾌했습니다. 정말 오랜만에 느 껴보는 기분이었습니다. 정원으로 나가 맑은 새벽 공기를 마음껏 들이마셨습니다. 아무것도 하지 않아도 건강해지는 느낌이었습 니다.

그 아침, 많은 생각을 했습니다. 나는 그동안 무엇에 그렇게 열 정을 쏟았을까? 무슨 부귀영화를 누려보겠다고, 하늘땅은 물론 계절이 지나는 것도 제대로 느끼지 못하며 살았던가. 그저 멀리 보이는 산과 그 앞을 무심히 날아가는 새들에 시선을 고정했습니 다. 맑은 새벽 공기 속에서 산과 새를 보고 있자니 사치를 부리고 있다는 생각이 들었습니다. 나는 암 환자였지만, 병으로 인해 비 로소 진정한 휴식, 최고의 휴식을 얻은 것입니다.

우리나라 사람들 특성 중에는 '똑똑하다'가 있습니다. '열심이 다'도 포함됩니다. 나도 그렇습니다(전자가 아니라 후자입니다). 우 리나라 사람들은 일할 때도 열심이지만, 놀 때도 정말 열심입니 다. 나 역시 그게 정답이라고 생각하며 쉼 없이 살아왔습니다.

대학생 때 호주 브리즈번으로 여행을 갈 기회가 있었습니다.

10박 11일의 꽤 긴 일정이었는데, 떠나기도 전부터 나의 뇌는 분주하게 계산하기 시작했습니다. 살아생전 다시 호주 땅을 밟을 날이 있을까? 오가는 이틀을 뺀 나머지 8박 9일을 어떻게 하면 보다 효율적이고, 알차게 보낼 수 있을까? 본전을 뽑고 오자!

첫날, 오전 6시 기상 센트럴파크 조깅, 오전 8시 숙소 근처 버거킹 아침 식사, 오전 9시 무비파크 관람… 시간 단위로 일정을 짰습니다. 스케줄은 학교 시험 때보다 빡셌습니다. 브리즈번에 도착한 저녁부터 스케줄대로 부지런히 움직이기 시작했습니다. 브리즈번을 샅샅이 훑고 오겠다는 일념으로 24시간을 채웠습니다. 결국 사흘 만에 몸살이 나 몸져누워야 했습니다. 지금도 호주 브리즈번 하면 숙소에서 앓아누웠던 기억밖에 없습니다.

고단한 마음을 쉬기 위해서는 절대적인 휴식이 필요합니다. 우리의 하루는 어떤가요? 24시간 스마트폰이 손을 떠나질 않습니다. TV를 보면서도 스마트폰으로 SNS를 하거나 뉴스를 보고, 톡을 합니다. 잠자리에 들어서도 음악을 듣거나 드라마를 보느라 스마트폰을 켜놓고 자는 경우도 많습니다. 이런 상황에서는 뇌가 온전히 쉬지를 못합니다. 질 좋은 수면이 하루를 좌우한다는 사실은 누구나 알지만, 이미 문명에 중독된 우리는 쉽게 스마트폰을 떼어놓지 못합니다. 나 역시 그렇습니다. 여행을 가거나 캠핑을 가도 머릿속에는 늘 휴가가 끝난 후 무엇을 할 것인지, 스케줄 점검과 일 생각으로 가득합니다.

질 좋은 수면과 멜라토닌의 원활한 생성을 위해서 일찍 불을 끄고 10시 전에 누워야 합니다. 물론 이것도 중요하지만, 이보다 더 중요한 것은 따로 있습니다.

'지금 내가 걱정하고, 불안해하고, 미워하고, 슬퍼하고 있는 마음
의 불을 꺼야 한다.'

마음을 소등해야 비로소 숙면이 이루어지고 멜라토닌이 생성됩니다. 방의 불은 껐지만, 마음의 불도 껐는지 생각해봅니다. 머릿속에서 날뛰고 있는 원숭이가 보입니다. 원숭이를 잠재울 수 있을까?* 심리학에서 원숭이처럼 날뛰는 불안한 상태를 '몽키 마인드'라고 한다. 불교의 '심원의마(心猿意馬, 마음은 원숭이 같고, 생각은 말과 같다)'에서 비롯된 말.

꼬리에 꼬리를 물고 잡념이 소용돌이치는 상태에서는 뇌가 계속 에너지를 사용하기 때문에 피로가 쌓이고 수면의 질도 떨어

---

* 심리학에서 원숭이처럼 날뛰는 불안한 상태를 '몽키 마인드'라고 한다. 불교의 '심원의마(心猿意馬, 마음은 원숭이 같고, 생각은 말과 같다)'에서 비롯된 말.

집니다. 이를 해소해야 비로소 우리는 제대로 쉬었다고 말할 수 있습니다.

심리학을 공부하면서 원숭이를 잠재우는 방법을 배웠습니다. 원숭이를 잠재우기 위해서는 먼저 잡념 자체를 인지해야 합니다. 잡념이 있다는 것을 알아야 끊을 수도 있기 때문입니다. 반복해서 드는 잡념이라면 이름을 붙입니다. 여러 번 생각이 드는 사고에 이름을 붙여 라벨링을 하면 잡념의 고리에 쉽게 빠지지 않습니다. 그리고 '이제 그만'이라고 명령합니다. 처음에는 쉽게 되지 않지만, 반복하다 보면 됩니다. '설마 그게 될까'라고 생각하겠지만, 신기하게 그게 됩니다.

나는 방의 불을 끄고 나면 머릿속에서 원숭이가 날뛰지 않도록 마음의 불이 제대로 소등되었는지 점검합니다. 집에 불을 켜두면 전기가 소모되듯, 마음의 불도 에너지를 소비합니다. 잠들면서까지 에너지를 소모하는 것은 너무 비효율적입니다.

잡념은 지나가는 열차입니다. 지나가는 열차는 보내야 합니다. 나라는 플랫폼에 너무 오랫동안 세워두면 곤란합니다. 이제 더는 네게 집착하지 않겠다. 칙칙폭폭, 잘 가라, 안녕!

찰나 감사

    웃음과 감사에 초점을 맞춰 생활하다 보면 부정적 감정이 사라집니다. 오지 않는 버스를 기다리느라 발을 동동거리기보다는 하늘을 바라보며 계절을 느껴보는 것은 어떨까요.

    감사에도 훈련이 필요합니다. 그래서 시작하게 된 것이 '5감사 일기'입니다. 하루에 감사한 일 5가지를 쓰는 것입니다. 하루 한 가지 감사한 일 찾기도 쉽지 않은데 5가지라니, 결코 만만한 일이 아닙니다. 그런데 이게 또 억지로라도 감사한 일을 찾다 보면 5가지를 쓰게 되고, 그중 한 가지 정도는 정말 마음을 적시는 진짜 감사가 됩니다. 만약 5감사일기를 쓴다면 100일이라는 목표를 정해두는 것이 좋습니다. 그렇게 하지 않으면 흐지부지하다 끝나버리는 경우가 많습니다. 100일이라는 목표가 있으면 70일 쯤 되어서 힘이 빠져도 100일을 채우기 위해 노력하게 됩니다.

요즘 '찰나 일기'를 쓰고 있습니다. 5감사도 매일 쓰다 보면 매너리즘에 빠지게 됩니다. 다섯 개 중에 세 개는 어제 썼던 것과 똑같고, 그게 그거 같습니다. 물론 새로운 감사 한두 개에서 느끼는 충만함도 나쁘지 않지만, 내가 바라는 감사는 자동으로 마음이 따뜻해지고 세포가 활성화되는, 그런 감사입니다. 그래서 감사의 양도 중요하지만, 질로 승부해보고 싶다는 생각이 강하게 들었습니다. 개수를 줄이는 대신 온전히 나의 마음을 적시는 단 하나의 감사를 위해 묵상을 하면서 쓰게 된 것이 찰나 일기입니다.

가령 선물 받은 컵을 잘못해서 떨어뜨릴 뻔하다가 겨우 잡았습니다. 떨어트리다 잡은 것은 정말 찰나입니다. 생각해보면 그 찰나의 순간은 너무 감사한 시간입니다. 그 찰나로 너무 귀하고 소중한 물건을 깨트리지 않고 간직할 수 있게 되었는데, 우린 그 순간을 금방 잊어버립니다. 내겐 정말 감사한 찰나가 있었습니다. 9년 전, 산책하러 나갔던 아내에게 전화가 왔습니다.

"여보, 나 조금 전에 죽을 뻔했어. 파란불이 바뀌어 건널목을 지나

려고 하는데 갑자기 버스가 내 앞으로 지나가는 거야. 조금만 빨리

횡단보도에 내려섰으면 나 치였을 거야."

상황을 들어보니 아내는 핸드폰을 보다가 파란불로 바뀌는 소리를 듣고 좌우를 살피지 않고 횡단보도를 건너려고 했고, 버스는 멈추지 않고 달려오는 속도 그대로 지나친 것이었습니다. 버스가 얼마나 가깝게 스쳤는지, 아내가 쓰고 있던 모자의 챙을 건드려 모자가 날아갔답니다. 아찔한 순간이었습니다. 만약 그 순간, 아내에게 교통사고가 일어났다면 어떻게 되었을까요? 상상하는 것조차 끔찍합니다. 나는 그 순간을 기억하기 위해 찰나 일기를 씁니다.

불교에서 '찰나(刹那)'는 극히 짧은 시간을 말합니다. 1찰나는 75분의 1초라고 합니다. 평소 그런 찰나는 얼마든지 있습니다, 지하철을 놓칠 뻔했는데 간신히 타서 지각하지 않았다거나, 미끄러져 넘어질 뻔했는데 난간을 잡아 다행히 부상을 면하게 되었다거나, 지갑을 잃어버릴 뻔했는데 누가 찾아주는 경우도 있습니다. 이처럼 자칫 일이 꼬이거나 큰 불행에 빠질 수도 있었지만, 그 순간을 잘 넘긴 덕분에 일상이 행복한 경우는 굉장히 많습니다. 그런데 우리는 보통 그 순간을 '아, 다행이다'라고 하고선 금세

잊어버립니다. 그 순간을 좀 더 길게, 오래 생각할 수 있다면 지금의 평범한 일상이 얼마나 감사한지 알게 될 텐데 말입니다.

같은 맥락에서 나는 고통, 아픔, 불편한 순간을 기록해놓으려고 합니다. 칼에 손가락이 베어서 아프거나 충치가 생겨서 고생할 수도 있고, 몸살로 고생할 수도 있습니다. 며칠 지나면서 상처가 나으면 우리는 불편했던 순간을 잊어버립니다. 그런데 그 아프고 불편한 순간에 집중하는 것입니다. 사진도 찍어두고, 기록도 합니다. 나중에 그 사진(혹은 기록)을 보면 멀쩡한 손가락이 너무 감사하고, 딱딱한 것을 씹거나 밥을 먹을 때 통증이 느껴지지 않는 이가 너무 소중합니다. 어쩌면 역순의 감사라고도 할 수 있을 것입니다.

나는 감사할 수 있는 마음을 가진 내가 참 감사합니다. 살아 있음의 기쁨을, 가족의 소중함을 느낄 수 있는 마음이 있다는 것은 얼마나 감사한 일인가요.

나를 위해서
박수를

웃음 신봉자로서 마음을 정화하는 데는 웃음만큼 좋은 것이 없다고 생각합니다. 웃음이야말로 삶의 건강한 활력이 됩니다. 그런데 진짜 웃음과 가짜 웃음을 구분할 수 있을까요? 간단합니다. 진짜 웃음은 멈추려고 해도 바로 딱 멈출 수가 없습니다. ㅋㅋㅋ나 ㅎㅎㅎ처럼, 잔웃음이 계속 남습니다. 100미터 달리기를 하다가 골인 지점에서 바로 멈추지 못하는 것처럼, 진짜 웃음도 갑자기 멈춰지지 않습니다. 울음도 마찬가지입니다. 아무리 "뚝!"이라고 해도 진짜 울음은 앙다문 입술 사이로 계속 흐느낌이 흘러나옵니다. 진짜 웃음과 울음은 의지로 멈출 수 있는 것이 아닙니다. 만약 웃으며 이야기를 나누다가 상대가 아무렇지도 않게 웃음을 딱 멈추고 곧바로 정색한다면 그건 진짜 웃음이 아닙니다.

가짜 웃음이라도 많이 웃는 편이 좋다는 말을 많이 합니다. 나는 그 의미를 거짓으로라도 웃다 보면 진짜 웃을 일이 생길 확률이, 웃지 않을 때보다 높아지기 때문이라고 풀이합니다. 물론 안 웃는 것보다 거짓으로라도 웃는 편이 낫겠지만, 효과는 진짜 웃음에 비할 것이 못 됩니다.

내 강연에는 꼭 박장대소하는 시간이 있습니다. 그런데 놀라울 정도로 언제, 어디서, 누구와 해도 꼭 몇몇은 평소의 자기 웃음이 아닌, 생전 내보지도 않던 소리로 웃는 사람이 있습니다. 심지어 "어~허허허허~", "오~호호호호"처럼 웃는 박자도 일정합니다.

물론 가짜로 웃는 것이 완전히 잘못된 것은 아닙니다. 가짜로 웃는 사람들은 평소 웃을 기회가 없어 의식적으로 웃다 보니 웃는 것이 어색하고, 제대로 웃는 방법을 모르기 때문이라는 것을 압니다. 그러나 정말 기뻐서, 재미있어서, 행복해서 웃는 평소 자기 웃음, 진짜 웃음으로 웃어야 웃음의 운동 효과와 웃음의 여러 가지 생리작용을 체험할 수 있기에 안타까울 따름입니다.

'배꼽 잡고 웃다'라는 표현처럼 한바탕 크게 웃으면 정말 배를 부여잡고 웃게 됩니다. 너무 많이 웃으면 배가 아픕니다. 많이 웃는 사람은 따로 복근운동을 할 필요가 없을 정도입니다. 정말 우스워서 웃다 보면 자신도 모르게 손뼉을 치거나 옆 사람을 치거나 발을 구르기도 합니다. 그렇게 한참을 웃다 보면 땀도 납니다. 추워서 옷깃을 여몄다가도 좋은 사람을 만나 즐겁게 한바탕 웃고 나면 추위가 가시고, 심지어 열이 나서 겉옷까지 벗게 됩니다. 여기에는 웃음의 효과도 있지만, 그보다는 손뼉의 효과가 더 큽니다.

40대 주부에게 한 가지 실험을 했습니다. 먼저 적외선 체열 검사를 했습니다. 온도에 따라 따뜻한 곳은 빨강, 미지근한 곳은 노랑, 싸늘한 곳은 초록, 차가운 곳은 파랑으로 나오는 사진입니다. 40대 주부의 적외선 체열 검사 결과는 심장 주변과 얼굴 정도를 제외하고는 대부분이 온도가 높지 않은 노랑이나 초록이었습니다. 손과 발(발목 위까지)은 완전 파란색이었습니다. 체열 검사에서 파란색이 많다는 것은 혈액순환이 제대로 되지 않은 것입니다. 그 주부에게 약 5분가량 손뼉을 치게 하고(강하게 쳐야 합니다) 나서 다시 적외선 체열 검사를 했습니다. 그러자 몸 전체가 불그스름하게 나왔습니다. 손과 발도 붉게 나왔습니다. 박장대소를 하고 나면 땀이 나서 옷을 벗게 되는 이유가 혈액순환이 되면서 몸이 따뜻해지기 때문입니다. 혈액순환이 잘되지 않으면 체온이 내려가 병에 걸리기 쉽습니다. 만병의 근원을 혈액순환 부진에서 찾는 이유도 이 때문입니다.

우리 몸에서 가장 혈관이 많이 퍼져 있는 곳은 심장 주위와 손 그리고 발입니다. 그러다 보니 혈액순환이 제대로 되지 않으면 손발이 차고, 나중에는 저리기까지 합니다. 심장이 저리지 않는 것은 마음 아픈 일을 겪지 않아서가 아니라 살아 있는 한, 피를 온몸 구석구석 보내야 해서 24시간 쉬지 않고 펌프질을 하기 때문입니다. 심장 주변이 혈액순환이 안 된다는 것은 곧 죽는다는 말입니다. 발은 평소 걷거나 뛰면서 자극을 주기 때문에 어느 정도 혈액순환이 됩니다. 그러나 직립 보행하는 인간이 물구나무를 서서 걸어 다니지 않는 이상 손바닥에 강하게 자극을 줄 일은 거의 없습니다. 결론적으로 손뼉을 쳐 자극을 주면 혈액순환이 되고, 혈액순환이 잘되면 체온이 올라가고, 체온이 올라가면 건강해지고, 건강해지면 마음도 여유를 가질 여력이 됩니다.

안타깝게도 우리나라 사람들은 박수에 인색한 것 같습니다. 공연장, 그중에서도 클래식 공연이나 무용 같은 공연을 보러 가면 더 그렇습니다. 멀리 갈 것도 없습니다. 아이들 학예회에만 가도 느낄 수 있습니다. 박수를 치다 마는 것 같은 느낌을 많이 받습니다. 다른 사람을 의식해서인지, 부끄러워서인지는 잘 모르겠습니다.

이제는 생각을 좀 바꿀 필요가 있습니다. 남을 위해서가 아니라 나를 위해서 손뼉을 친다고 생각하는 것입니다. 손뼉은 몸에도 좋지만, 좋은 기운도 만들어냅니다. 우레와 같은 큰 박수, 긴 박수를 받은 상대는 행복할 것이고, 그 마음을 담아 좋은 기운을 상대에게 전달할 것입니다. 선순환인 것입니다.

나는 아침에 헬스장에 가서 걸을 때 꼭 손뼉을 칩니다. 손뼉을 치며 걷다 보면 확실히 몸이 따뜻해지고, 가벼워지고, 상쾌해지는 것을 느낍니다(특히 야식을 먹고 잔 다음 날, 부기가 심한 상황에서 하면 효과가 더 좋습니다). 이른 아침이라 사람도 없지만, 누가 있어도 상관하지 않습니다. 박수를 하나의 운동으로 생각하고 있기 때문입니다.

박수는 삶을 잘 견뎌내며 살고 있다고 내게 보내는 격려도 되고, 오늘 하루도 열심히 살아가라는 응원도 됩니다. 마침 그 순간 내 옆에 사람이 있다면 그 사람의 삶과 하루를 위로하고 격려하는 따뜻한 박수로 들리길 바랄 뿐입니다.

감사,
그냥 하면 안 될까?

"화면보다 실물이 훨씬 더 예쁘시네요."

"네, 다 뜯어고쳤거든요!"

개그맨들은 칭찬에 어색해한다고 합니다. 그래서 사람들이 칭찬하면 이런 식으로 우스꽝스럽게 답하거나 동문서답으로 어색함을 피하려고 한다고 합니다. 나도 그렇습니다. 50년이나 살았는데도 여전히 칭찬의 말이 어색합니다. 칭찬받으면 "감사합니다"라고 하면 되는데, "에이, 왜 그러세요"라거나 "아, 절대 아닙니다"라며 손사래를 치며 그 장면을 모면합니다. 내 몸속에 개그

맨의 피가 흐르는 건지, 그것이 스스로를 낮추는 겸손이자 미덕이라고 생각했습니다.

마음이 여린 사람은 칭찬받는 것을 쑥스러워합니다. 상대방의 칭찬 속에 담긴 기대를 부담스럽게 여기기 때문입니다. 상대방의 칭찬이 실망으로 바뀔까 두려운 것입니다. 어찌 보면 이것도 일어나지 않은 일에 대한 걱정이자 불안입니다. 무의식 속의 두려움 탓에 상대의 칭찬을 있는 그대로 받아들이지 못하고, 일단 부정부터 하고 봅니다.

우리 집에는 극명하게 다른 두 존재가 있습니다. 바로 아들과 딸입니다. 주말에 짜장면을 요리해주면 딸은 "우와, 정말 맛있다. 아빠, 중국집에서 파는 것 같아"라고 칭찬하고, 아들은 묵묵부답입니다. 딸의 칭찬이 거듭되면 아들은 그제야 "음… 괜찮네"라고 한마디 거듭니다. 영화를 봐도 마찬가지입니다. 딸은 "정말 재밌다. 아빠, 또 보고 싶어요"라고 하고, 아들은 "배고파요"라고 합니다. 내가 중화면과 짜장 소스를 주문하고, 다음에 같이 볼 영화를 고르는 것은 딸의 말에 반응해서입니다.

언젠가 가족과 외식한 적이 있습니다. 한참 식사하는데, 딸이 나를 보며 뭐라고 했습니다(먹는 데 집중하느라 못 들었습니다). 무슨 말인가 했더니, "아빠, 오늘 보니까 잘생겼네"라고 합니다. 거기에 덧붙여 "오빠는 아빠 닮은 거 같아"라며 오빠까지 더블 칭찬합니다. 먹느라 우적대고 있는 아빠를 보고 잘생겼다니….

칭찬의 힘은 이미 책과 강연 등을 통해 많이 배워왔고, 칭찬의 기술과 방법에 대해 강의도 할 만큼 칭찬에 대해 잘 알고 있다고 자부하던 내가 딸의 칭찬 한마디에 온몸의 세포가 깨어나는 것을 느꼈습니다. 기분이 좋아져 잘생김을 유지하려고 세수를 하고, 로션을 챙겨 바르고, 스트레칭까지 빼놓지 않았습니다. 이것이 바로 셀프 피그말리온 효과입니다. (피그말리온 효과란 긍정적인 기대나 관심이 사람에게 좋은 영향을 미치는 효과를 말합니다.) 셀프 피그말리온 효과는 칭찬을 듣고 "나는 그런 사람이다"라고 주문을 거는 것입니다.

타인이 내게 보내는 칭찬은 허투루 흘려보내지 말고, 귀 기울이고 진정으로 감사하게 생각해야 합니다. 칭찬이 쌓이면 그게 내 것이 되어 더 예뻐지고, 멋있고, 능력 있는 사람이 되어갑니다.

뇌과학자이자 심리학자인 허지원 교수는 누군가에게 좋은 평가나 칭찬을 받았을 때 반사적으로 "아니에요"라고 대답하는 습관을 버려야 한다고 말합니다. 대신 "감사합니다"하고 고마움을 표현하거나 "그렇죠?" 하고 웃어 보이는 연습을 '이를 악물고라도' 해야 한다고 주장합니다. 이런저런 다른 생각을 하며 불필요한 미로를 구축하지 말고, 있는 그대로 즐거운 감정을 느끼라고 말입니다.

거울 앞에 서서 누군가 칭찬했다고 생각하고 "감사합니다" 하고 말해봅니다. 어색합니다. 처음 보는 대본에 쓰여 있는, 남의 역할 대사를 읊는 듯한 느낌입니다. 내가 너무 상대방을 의식하는 걸까? 아니면 진짜 칭찬을 받기에 부족하다고 생각하는 겸손한 사람이었던가? 그건 아닐 것입니다. 나 말고도 안 되는 사람이 많으니 허지원 교수가 '이를 악물고라도' 해야 한다고 했을 것입니다. 나는 여전히 칭찬이 어색하고, 몸 둘 바를 몰라 하는 사람이지만, 그냥 있는 그대로 즐거운 감정을 느껴보기로 했습니다.

그러고 보니, 나는 사람들에게 얼마나 자주 칭찬하고 있을까, 하는 생각이 듭니다. 딸의 한마디에 기분이 좋아져 누가 시키지도 않았는데 로션을 바르고 스트레칭을 한 것처럼, 나의 작지만 소소한 칭찬이 누군가에게 제2, 제3의 주도적 행동을 이끌어낼 수도 있을 텐데….

이 원리를 돈에 적용해보면 어떨까요? 돈에 감탄하고, 칭찬하고, 좋은 말을 해주면 부자가 될 수 있을까요? 그럴 수 있을 것 같습니다. 그것도 그냥 부자가 아닌, '행복한 부자'가 될 수 있을 것 같습니다. 이 세상에는 가진 것에 감탄하지 못하고 사라질까 늘 불안해하는 불행한 부자가 많으니까요.

'칭찬은 손사래를 치는 것이 아니다'라는 명언을 되새기며 다시 한번 거울을 보고 웃어봅니다.

고통에 맞서지 않고
고통에서 벗어나기

「흐르는 강물처럼」이라는 영화가 있습니다. 1993년 작이니 벌써 30년 전 영화입니다. 브래드 피트의 '리즈 시절'을 볼 수 있는 영화로, 로버트 레드포드가 감독하고 직접 내레이션을 맡았습니다. 잔잔한 강 위에서 낚시하는 모습의 포스터가 참 멋진데, 영화도 삶을 생각하게 하는 힘이 있습니다.

인생은 연어처럼 목표를 향해 죽을힘을 짜내어 강을 거슬러 역행해야 할 때도 있지만, 어떨 때는 맞서지 말고 강물처럼 흘러가는 대로 그대로 둬야 할 때도 있습니다. 미국의 심리학자 스티븐 헤이즈가 이런 말을 했습니다.

"심리적 문제와 고통에서 벗어나 행복해지기 위해서는 자신의 모든 상황을 있는 그대로 수용해야 한다."

통증과 고통의 다른 점은 무엇일까요? 통증이란 말 그대로 아픔의 정도를 말합니다. 고통이란 통증을 제거하기 위해 애쓰는 과정을 포함합니다. 이것을 수식으로 나타내면 어떻게 될까요?

통증 〈 고통

아마 대부분의 사람이 이런 수식을 나타내지 않을까요? '통증 〉 고통'이거나 '통증 = 고통'인 사람은 극히 드물 것입니다. 가령 실연했다고 쳐볼까요. 실연의 실제 통증은 탁구공만 합니다. 이 통증을 없애기 위해 노력합니다. 그런데도 통증이 사라지지 않으면 화가 나고 좌절합니다. 실질적인 실연의 통증에 좌절과 분노 등이 더해져 고통이 커지는 것입니다. 탁구공만 한 아픔에 감정이 더해져 고통은 농구공만 해집니다. 결국 스스로 키운 고통 속에서 허덕이게 되는 것입니다.

헤이즈는 행복해지기 위해서는 생각, 느낌, 감각을 있는 그대로 수용하라고 합니다. 아픈 것을 부정하거나 좋게 하거나 낫게 하려고 들지 말고, 아프다는 것을 인정하고 그냥 받아들이라는 것입니다. 이것이 '수용-전념치료(ACT 이론, acceptance and commitment therapy)'라는 상담기법입니다.

인생은 고통의 연속입니다. 이를 인정하고 받아들이면 과거를 되씹으며 고통받지 않고, 오지 않는 미래를 걱정하지 않으며, 오직 현재만을 살아갈 수 있게 됩니다. ACT 이론의 현실적 행동 지침이야말로 '흐르는 강물처럼'이 아닐까요. 결국 시간이 모든 것을 해결한다는 의미일 수도 있습니다.

나는 내 상황을 있는 그대로 받아들이기까지 꽤 오랜 시간이 걸렸습니다. 투병 생활을 하면서 경제적인 상실감, 아내와의 갈등 등 부정적인 감정이 연속적으로 생긴 데다 그 기간이 길어지면서 무기력해지기 시작했습니다. 무엇을 해도 안 될 것 같고, 자존심만 커져서 아내와의 관계를 회복하고 싶은 마음도 없어졌습니다. 뭐라도 해야 하는 가장이었지만, 그 가장은 소파 위에 누워 있기만 하는 무기력한 모습이었습니다. 일어나고 싶었고, 일어나야 하고, 일어나야 한다는 것을 알고 있었지만, 일어나지질 않았습니다. 이때 도움이 되었던 것이 수용-전념치료와 '맑은 물 붓기'였습니다.

우리는 기분 나쁜 일이 생기면 자꾸 맞서서 뭔가를 하려고 합니다. 술을 마시거나, 게임을 하거나, 줄담배를 피웁니다. 목을 놓아 울기도 하고, 노래방에 가서 목이 터져라 노래를 부르기도 하고, 친구를 만나 하소연하기도 합니다. 하지만 부정적인 정서에는 맞서지 않는 것이 좋습니다. 맞서면 맞설수록 맞서는 속만 더 썩기 때문입니다. 술을 마시고 나면 기분이 좋아지나요? 목이 터져라 노래를 부르면 상쾌한 아침을 맞을 수 있나요? 고통은 여전합니다.

우리는 이런 사실을 알면서도 똑같은 일을 반복합니다. 왜 그럴까요? 다른 해결 방법을 모르기 때문입니다. 내가 부정적인 정서, 상실의 고통 앞에 섰을 때 맞서지 않고 해결할 수 있는 방법으로 택한 것이 '맑은 물 붓기'입니다. 맑은 물 붓기는 미국의 에미서리 공동체에서 세미나를 진행할 때 사용하는 퍼포먼스 중 하나로, 일종의 명상입니다.

컵에 맑은 물이 3분의 2 정도 들어 있습니다. 컵에 검은 잉크를 5방울 정도 떨어트립니다. 컵 안의 물은 순식간에 검게 변할 것입니다. 이 물을 맑게 만들려면 어떻게 해야 할까요? 두 가지 방법이 있을 것입니다. 하나는 물을 부어 버리고 새 물을 담는 것이고, 다른 한 가지는 맑은 물을 계속 부어 컵의 물이 완전히 맑아지도록 하는 것입니다.

물은 내 마음이고, 검은 잉크는 분노, 불안, 원망, 미움, 스트레스 등 내 마음에 침투한 부정적 정서입니다. 마음을 물처럼 쏟아버리고 다시 채울 수 있다면 얼마나 좋을까요. 검은 잉크가 인생에 딱 한 번만 있고, 두 번 다시 없으면 얼마나 좋을까요. 그러나 현실적으로 이는 불가능합니다. 결국 우리는 물이 검은 잉크로 채워지기 전에 맑은 물을 계속 들이붓는 수밖에 없습니다.

일상에서 맑은 물은 평범함 속에서 발견하는 작은 기쁨입니다. '그게 말처럼 쉬운가?' '그럴 기분이 아닌데?' '내 상황을 몰라서 그런 이야기를 한다' 하며 강하게 반발하는 사람도 있을 것입니다. 여기서 중요한 것은, 현재 상태, 즉 부정적인 정서는 그냥 내버려둔다는 것입니다. 강물이 흘러가듯 내 옆에서 계속 흐르도록 그냥 둡니다. 대신 생활 속 작은 기쁨을 획득하는 데 지금보다 아주 약간만 더 집중하는 것입니다. 만약 실연의 늪에서 허우적대고 있다면 이별의 아픔은 그대로 둡니다. 마음이 찢어지게 아픈 순간순간이 있다면 저항하지 말고, 그대로 둡니다. 대신 기쁜 일, 행복한 일, 감사한 일을 좀 더 적극적으로 찾아 나서는 것입니다. 세찬 바람이 불거나 폭우가 내리면 강물이 넘치기도 하고, 흙탕물로 변하기도 하겠지만, 그래도 여전히 강물은 흐르는 것처럼 말입니다.

나는 나의 부정적이고 무기력한 정서를 인정했습니다. 대신 새로운 맑은 물을 부어보았습니다. 내가 택한 방법은 식후 30분에 15초씩 박장대소하기, 일상의 소소한 감사 적기, 친구에게 먼저 전화해 안부 묻기, 마음이 따뜻해지는 영상 보기, 성경 구절 암송하기, 맛있는 요리 만들기, 기도하기, 반려견과 산책하기 등등입니다.

물론 부정적인 정서가 완전히 없어지진 않지만, 확실히 내 마음속 잉크색은 옅어졌습니다. 내가 부은 맑은 물의 양이 1리터라면 1리터 이상의 좋은 일, 정말 생각지도 않았던, 기적적인 일이 생기기 시작했습니다. 결국 내 마음을 지배하고 있던 부정적 정서가 생각나지 않을 정도가 되었습니다.

진한 에스프레소에 물을 한두 방울 떨어트린다고 금세 맑은 물이 되지 않습니다. 하루 이틀 한두 방울을 떨어트리고 마음이 맑아지기를 바라는 건 욕심입니다. 잊지 않고, 매일 끊임없이 한두 방울이라도 꾸준히 맑은 물을 떨어트리는 것이 중요합니다. 그러면 사약처럼 진했던 내 마음이 에스프레소에서 옅은 아메리카노로 변합니다.

한번 돈을 벌어본 사람은 돈을 버는 것을 두려워하지 않는다고 합니다. 돈 버는 방법을 알기 때문입니다. 마음도 그렇습니다.

에스프레소가 되더라도 다시 되돌릴 방법만 안다면 거뜬히 이겨
낼 수 있습니다.

나작지와
내내내

언젠가 소중한 분한테서 『미움받을 용기』라는 책을 선물 받은 적이 있습니다. 당시 한창 화제가 되었던 베스트셀러였는데, 20~30페이지 정도 읽다가 공감도 안 되고 어렵기도 하고 해서 책장에 던져두었습니다. 그리고는 잊어버렸습니다. 몇 년 후, '미니멀라이프' 구현이라는 핑계로 책장에 있는 웬만한 책을 모두 인터넷 중고 서점에 내다 팔았습니다. 『미움받을 용기』도 자연스럽게 중고 책 사이에 묶여 딸려 갔습니다. 수십 권의 책 중에서 유독 이 제목을 기억하는 것은, 가격이 다른 책들보다 많이 높아서였습니다. 그러다 심리학을 공부하게 되면서 『미움받을 용기』가

프로이트, 융과 함께 심리학의 3대 거장인 오스트리아 출신의 정신의학자이자 심리학자인 아들러에 관한 책이라는 사실을 알게되었습니다. 무식하면 용감하다더니, 내가 바로 그랬습니다. 아무도 뭐라고 하지 않았지만, 한동안 후회와 부끄러움으로 혼자 민망했습니다.

아는 만큼 보인다고 했던가요. 몇 년 전 이 책을 읽었을 때는 나의 삶과 접점이 그다지 없다고 생각했습니다. 그런데 심리학을 좀 배웠다고 첫 장을 펼치는 순간 손 같은 것이 쑥 나와 내 목덜미를 덥석 잡더니 책 속으로 휙 끌고 들어가는 것이 아닌가요. 정말 홀리듯 책으로 빨려 들어갔습니다.

아들러는 '인간은 모두 열등한 존재지만 열등감이야말로 인간을 성장하게 하는 원동력'이라고 말합니다. 막 태어난 아이가 주변을 보면 어떤 심정일까요? 나보다 잘난 사람들만 있습니다. 나는 누워 있지만, 부모(혹은 형, 누나)는 걷고 뜁니다. 나는 말을 못하지만, 다른 사람은 대화를 나누며 웃습니다. 나는 누군가 먹여주고 보살펴주지 않으면 안 되는 열등한 존재인데, 다들 혼자서 잘 먹고 잘 삽니다. 만약 열등감 때문에 괴로워한다면 갓난아이야말로 죽고 싶은 심정일 것입니다. 하지만 아들러는 모두가 느끼는 이 열등감이야말로 사람이 성장하고 발전할 수 있는 원동력이라고 주장합니다. 한마디로 잘난 사람을 따라잡기 위해, 잘난 사람이 되기 위해 노력한다는 것입니다. 그렇기 때문에 아들러는 인간은 누구나 변할 수 있고, 누구나 행복해질 수 있다고 말합니다. 단, 그렇게 되기 위해 필요한 것이 있습니다. 용기입니다. 자유로워질 용기, 평범해질 용기, 행복해질 용기, 미움받을 용기 말입니다.

불만도 있을 테고, 다른 사람을 보고 "저런 환경에서 태어나고 싶었는데" 하며 부러워하는 마음도 있을 거야. 하지만 거기서 끝내서는 안 되네. 문제는 과거가 아닌 지금 '여기'에 있네. (중략) 이제부터 어떻게 할 것인가는 자네 책임이야. 여태까지의 생활양식을 유지하는 것도, 새로운 생활양식을 선택하는 것도 모두 자네 판단에 달렸지. - 『미움받을 용기』

우리는 관계 속에서 살아갈 수밖에 없습니다. 승진, 사랑, 성공, 배신, 분노… 어떤 종류의 고민이든 거기에는 반드시 타인이 존재합니다. 행복해지기 위해서는 인간관계로부터 자유로워져야 하고, 그렇게 되기 위해서는 타인에게 미움받는 것을 두려워해서는 안 됩니다. '미움받을 용기'를 가져야만 비로소 자유로워지고 행복해질 수 있다는 것이 『미움받을 용기』의 주 내용입니다. 그래서 아들러의 심리학을 '용기의 심리학'이라고도 합니다.

나는 강의를 위해서 다른 사람의 강연을 듣고 책을 읽는 등 많은 자료와 정보를 습득합니다. 『미움받을 용기』를 읽으면서 몇 가지 구호를 생각했습니다. 그중 하나가 '나, 작, 지'입니다.

'나, 작, 지'
'나부터, 작은 것부터, 지금부터.'

신기하게도 '나, 작, 지'를 생각하면 바로 감사가 떠오릅니다. 또 한 가지, 내가 추천하는 구호가 있습니다. 바로 '내, 내, 내'입니다.

'내, 내, 내'

내가 한때 빠졌었던 어느 영어학습법에서 강조하는 구호로 '내 입으로, 내가 말해야, 내가 잘한다'의 줄임말입니다. 이 법칙은 비단 영어뿐만 아니라 삶의 모든 영역에 해당되는 말이라고 생각합니다. 이것을 『미움받을 용기』의 저자가 독자에게 알려주고 있다고 생각했습니다. 이 구호를 『미움받을 용기』 버전으로 고

쳐보았습니다.

'내 생활 습관은, 내 선택(용기)으로, 내가 바꿀 수 있는 것'

『미움받을 용기』의 저자는 덧붙여서 '변하지 않는 것은, 스스로 변하지 않겠다고 결심했기 때문'이라고 못 박습니다.

한때 베스트셀러였던 『시크릿』에서도 유사한 이야기를 합니다. 나를 둘러싸고 있는 에너지는 내가 뿜어내는 에너지의 또 다른 형태입니다. 내가 부정한, 불안한, 화난 에너지를 뿜어내면 그 에너지가 여과 없이 그대로 다시 내 주위를 둘러싸게 되고, 반대로 내가 즐거운, 감사한, 희망의 에너지를 뿜어내면 그 또한 여과 없이 그대로 내 삶의 주위를 둘러싸게 된다는 것입니다.

어쩌면 내가 하는 이야기는 지금까지 살아오면서 한 번 이상은 들어봤을 수도 있습니다. 하지만 내가 직접 용기를 내어서, 내가 해보지 않으면, 이 말들은 또 두 번 이상 들어봤을 법한 말로 남아 있게 될 뿐입니다. 결론은 행동, 동사의 삶입니다.

나는 오늘도
'공사 중'

* ✦ *
  ✧
   *

분당에서 카페를 운영했었습니다. 여러 맛집에 둘러싸인 좋은 장소에서 카페는 정말 벅찰 정도로 잘(?) 되었습니다. 수술 때문은 아니지만, 여러 가지 이유로 그만두고, 몇 년을 건너뛰어 지금은 고양시에 작은 카페를 열었습니다. 새벽에 일어나 오픈 준비를 하려면 힘은 들어도 아침이 깨어나는 즐거운 부산함을 느낄 수 있어 좋습니다.

여러 해 동안 카페를 하면서 느낀 점은, 매일 청소해야 깨끗하게 매장을 유지, 관리할 수 있다는 것입니다. 주방의 후드든, 바닥이든, 화장실이든, 더러워진 것이 눈에 보이면 그땐 이미 매장이

비위생적이라는 의미입니다. 또 때를 묵혀두면 청소하기도 힘듭니다. '매일 청소하면 힘들지 않나?' 하는 의문을 가질 수 있지만, 주부라면 누구나 알 것입니다. 매일 청소하면 시간도 많이 들지 않을뿐더러 힘도 덜 든다는 것을 말입니다. 설거지도 쌓아두었다가 한꺼번에 하려고 하면 힘들지만, 먹고 난 뒤 바로바로 치우면 힘들이지 않고 빨리 끝낼 수 있습니다. 욕실도 날을 잡아 치우기보다 샤워할 때 청소하면 항상 청결하게 유지할 수 있습니다.

마음도 그렇습니다. 마음도 매일, 계속 돌봐주어야 건강하고 행복할 수 있습니다. 목사님이 한번은 이런 설교를 하셨습니다.

"나는 지금 공사 중이라고 생각하십시오. 좌절하지 말고, 곧 새롭게 될 나의 모습을 기대하며 살아야 합니다."

나 자체가 공사 현장이라니. 재미있는 발상이라는 생각이 들면서 순간 마음이 한결 편안해졌습니다.

나는 아들딸에게 항상 자상하고 친절한 아빠가 되고 싶었습니다. 하지만 현실의 나는 기분에 따라 필요 이상으로 화를 잘 내는 아빠였습니다. 아내에게는 늘 든든하고 여유 있는 남편이고 싶었지만, 사소한 잔소리에도 금세 싫은 표정을 드러내고 맙니다. 외부적으로도 항상 밝고, 젠틀하고, 여유가 넘치는 사람으로 보이길 원하지만, 실제의 나와 차이가 많이 난다는 것을 압니다.

인간은 부족하고, 연약합니다. 완성된 존재도 아닙니다. 미국의 심리학자 에릭 에릭슨의 말처럼 우리는 사회 속에서 관계를 통해 서로에게 영향을 주며 죽을 때까지 성장해야 합니다. 이때의 성장이란 키가 아니라 마음, 정신적 성숙입니다. 그런데 마음이 너덜너덜하다면? 마음을 키워야 할 에너지를 구멍 난 마음을 메꾸는 데 써야 할 것입니다. 마음이 만신창이가 될 때까지 두지 말고, 평소 조금씩 부족한 것은 메꾸고, 고장 난 것은 고치고, 더러운 곳을 깨끗이 청소한다면 자잘한 손질 정도로 그칠 수도 있습니다. 너무 오랫동안 마음을 방치해두면 나중에는 대공사가 필요할지도 모르고, 원상복구가 힘들 수도 있습니다.

나는 길을 가다 공사 현장을 보면 나중에 어떤 건물이 올라가 있을지, 어떻게 변할지, 기대가 됩니다. 지저분하다거나 시끄럽다고 싫어하는 사람도 있지만, 나는 공사가 끝난 후 주변이 지금보다 얼마나 더 멋지고, 세련되게 바뀔지 궁금합니다.

지금의 매장을 인수하면서 일부만 수리하려고 했습니다. 그런데 공사를 하다 보니 자꾸 욕심이 생겼습니다. 수리한 곳과 하지 않은 곳의 차이가 컸습니다. 인테리어 회사 대표도 공사 후 만족도가 달라질 것이라며 하는 김에 다 수리하자며 나를 설득했습니다. 인테리어 공사를 결심하면서 사진을 찾아보고, 정보를 뒤지고, 나중에 이곳이 얼마나 멋진 공간으로 변할지를 상상했습니다.

목사님의 설교를 들은 후 생각했습니다.

'아, 나는 공사 중이구나. 공사를 열심히 하면 언젠가 나도 지금과 같은 모습이 아니라 더 나은, 더 멋진 모습으로 바뀌겠구나.'

경직되면 부러지거나 늘 긴장된 채로 살아가게 됩니다. 한번 시원하게 인정하고, 내 모습을 솔직히 직면하면 시야도 넓어지고, 여유도 생깁니다. 힘들수록 우리는 마음을 더 챙겨야 합니다. 너덜거리는 마음을 끊임없이 보수하며 나라는 인간을 완성시켜 나아가야 합니다. 그것이 삶입니다.

나는 오늘도 공사 중입니다.

지금이 두 번째 삶이라면

주어진 현재의 삶이 소중하고 감사하다는 것을

아주 늦게, 아주 늦게 알았다.

그 사실을 조금만 더 일찍 깨달았다면

삶이 너무 퍽퍽하지는 않았을 텐데….

찬찬히
들여다보는 여유

요양병원에서 지내면서 아침저녁으로 산책을 많이 했습니다. 공기도 좋고, 환우분들과 두런두런 나누는 이야기도 좋고, 난생 처음으로 안정된 마음으로 차분하게 생각할 수 있는 것도 좋았습니다.

같이 산책 나온 50~60대 누님들은 몇 걸음 떼지도 않아 "아, 코스모스 너무 예쁘다", "이 머루 좀 봐. 앙증맞기도 하지", "이 꽃 이름 뭐지? 너무 예쁘다" 하며 끊임없이 감탄하고, 작은 이야기 에도 까르르 웃음꽃을 피웠습니다. 고단한 삶으로 암을 얻었지 만, 여전히 소녀 같았습니다. 내 눈에는 모두 똑같은 꽃인데 뭐가 그리 예쁜 것일까, 의아했습니다. 그러면서 나도 그분들과 함께 조금씩 자연을 들여다보기 시작했습니다.

자세히 보아야 이쁘다

오래 보아야 사랑스럽다

너도 그렇다

유명한 나태주 시인의 시 '풀꽃'처럼 그제야 자연의 아름다움이 눈에 들어왔습니다. 나름대로 꽤 알차게 살아왔다고 자부했습니다. 그런데 나는 당시 사십 평생을 살면서 코스모스를 그렇게 가까이 본 적도, 자연의 아름다움에 관심을 가져본 적도 없었습니다. 무엇에 그리 집중해서 살았던 것일까, 공허했습니다. 주변에 말을 걸고, 작은 일에 감탄하는 사람을 보면 인생을 참 아름답게 사는구나, 라는 생각이 들었습니다.

그때만 해도 건강해지면, 살아만 있다면 반드시 매년 가족들과 단풍놀이를 가야겠다고 다짐했지만, 이런저런 핑계로 10년이 지난 지금까지 단 한 번도 제대로 단풍놀이를 간 적이 없습니다. 하지만 달라진 것은 있습니다. 삶의 순간순간에 나를 만나러 오는 모든 것들에 감탄과 경이로움을 표하려고 노력하고 있다는 점입니다.

산책하는 강아지에게, 차 아래에서 곤히 자는 고양이에게, 심지어 엘리베이터에 같이 탄 유치원생 아이에게까지 말을 겁니다. 작은 존재들의 가치와 소중함, 세상의 아름다움에 눈을 떴기 때문입니다.

우리의 삶에는 빅데이터가 있습니다. 내가 좋아하는 것들에 감탄하고 표현할 때 그와 유사한 것, 또는 그보다 더 좋은 것, 더 많은 것들을 찾아내서 보여줍니다. 그게 반복되면 자연스럽게 우리 개인의 삶이 풍성해지고 충만해지는 건 아닐까요?

빅터 프랭클*은 말했습니다. "인생을 두 번째로 사는 것처럼 살라"고. "지금 당신이 막 하려는 행동이 첫 번째 인생에서 이미 그릇되게 했던 바로 그 행동이라 생각하라"고.

우리는 오늘이라는 인생이 모두 처음입니다. 스무 살도 처음이지만, 마흔네 살도 처음 사는 인생이고, 여든아홉 살도 처음 맞는 인생입니다. 하지만 만약 오늘의 하루가 두 번째 사는 삶이라고 생각한다면 어제처럼 시간을 낭비하거나 게으름을 부리거나

---

* 오스트리아 출신의 유태계 정신과 의사이자 심리학자로, 실존주의 치료의 하나인 의미치료의 창시자다. 아우슈비츠 수용소에서 살아남은 이야기를 토대로 『죽음의 수용소에서』를 썼다.

짜증 내지 않고, 더 부지런히, 더 사랑하고 아끼며, 더 감사히, 더 간절하게 살 것입니다.

별똥별을 본 적이 있습니다. 별똥별이 떨어질 때 소원을 빌면 이뤄진다고 하는데, 별똥별이 떨어지는 것은 찰나의 순간이라 소원을 빌지 못했습니다. 순식간에 떨어지는 별똥별을 보며 소원을 빌려면, 소원을 항상 마음에 담고 있어야 합니다.

내 삶을 뒤돌아봤을 때, 꽤 많은 별똥별이 떨어졌다고 생각합니다. 그 별똥별은 삶의 괜찮은 순간이었습니다. 괜찮은 삶의 순간순간이 지나갈 때 나는 무엇을 했을까? 그것들을 좋아하고 기뻐하고, 경이로움을 표했나? 아니면 그냥 지나가도록 내버려두었나? 후자 쪽이었던 것 같습니다.

아름다움에 감탄하고 그것을 표현하면 우리의 뇌는 그것을 더 잘 기억한다고 합니다. 미국의 처세술 전문가 데일 카네기가 그랬습니다. "우리는 1년 후면 다 잊어버릴 슬픔을 간직하느라고 무엇과도 바꿀 수 없는 소중한 시간을 버리고 있다. 소심하게 굴기엔 인생은 너무나 짧다"라고.

삶은 고통임과 동시에 축복이기도 합니다. 지나고 나면 삶도 찰나입니다. 별똥별의 교훈을 되새겨봅니다. 인생에 얼마나 아름답고, 감사한 일이 많았는지, 나도 죽음 앞에서야 삶의 소중함, 옆에 있는 사람의 감사함, 생의 아름다움을 발견했습니다. 그러니 후회하지 않도록, 삶의 아름다움에 좀 더 눈을 크게 뜨고 자세히 들여다볼 것입니다. 그리고 행복의 순간이 찾아왔을 때, 그것을 충분히, 흠뻑 젖어 만끽할 것입니다.

마음이 아플 땐
진통제를

* ✦ *
　✦

　우리는 사랑 때문에 행복해하기도 하고, 사랑 때문에 슬퍼하기도 하며, 사랑 때문에 분노하기도 하고, 좌절하기도 합니다. 과학자들은 (아마도) 사랑을 믿지 않습니다. 뇌과학자들은 사랑이란 그저 뇌에서 일어나는 전기 신호와 호르몬의 화학적 반응으로 일어나는 현상이라고 말합니다. 우리가 연애의 유통 기한이 3년이라고 알고 있는 것도, 사람의 기분을 좋게 만드는 엔도르핀이 더는 나오지 않는 시기를 기준으로 한 것입니다.

　사랑도, 기쁨도, 슬픔도, 인간이 느끼는 모든 감정이 뇌의 전기 신호와 화학적 반응에 의한 것이라면 참 인간미 없는, 로맨틱하지 않은 진실입니다. 뇌에서 전기 신호가 일어나서 상대에게 스파크가 일든, 화학적 반응이 일어나서 가슴이 뜨거워지든 인간이 사랑을 느끼는 것은 사실입니다. 나는 뇌의 호르몬 작용과 상관없이 그냥 사랑을 믿고 싶습니다.

마음도 그렇습니다. 우리가 마음이 찢어진다, 마음이 따뜻해진다고 표현하는 것은 실제 우리의 감정에 마음이 반응하기 때문입니다. 과학자들도 연구를 통해 극심한 감정적 고통이 육체적으로 드러난다는 것을 증명했습니다.

통증을 느끼는 것은 다친 부위가 아니라 뇌의 지시에 따른 반응입니다. 뇌가 통증을 느끼도록 하는 것은 다친 부위가 아파야 상처가 덧나지 않도록 조심하기 때문입니다. 선천적으로 통증을 느끼지 못하는 '무통각증'인 사람은 오래 살지 못한다고 합니다. 아파도 아픈 줄 모르고, 위험에 반응하지 못하기 때문입니다. 손을 뜨거운 물에 담가도 뜨거운 줄 모르니, 손가락이 익어도 가만히 있는 것입니다. 아, 생각만 해도 끔찍합니다.

칼에 찔리거나 뼈가 부러지는 등 몸에 상처가 나면 통증을 느끼라고 지시를 내리는 곳은 뇌의 전측대상회라는 부위입니다. 머리가 아프면 손이 가는 곳, 관자놀이 부근에 있습니다. 전측대상회가 활성화되면 우리 몸의 어딘가가 아프다는 증거인데, 진통제의 원리는 이 전측대상회를 진정시켜주는 것이라고 합니다. 즉, 통증이 사라지는 것이 아니라 뇌의 기능을 떨어트려 통증을 못 느끼게 하는 것입니다.

몸과 마음이 연결되어 있다면 진통제가 마음의 통증에도 효과가 있지 않을까 하는 의문이 들었습니다. 아니나 다를까, 내 생각이 맞았습니다. 10여 년 전 미국 UCLA의 나오미 아이젠버그 교수팀이 마음이 아플 때 진통제를 먹으면 통증이 사라진다는 연구 결과를 논문으로 발표한 적이 있습니다. 당시 인지심리학자들은 말도 안 되는 연구라고 비판하며, 이 논문이 얼마나 터무니없는 사실인지를 증명하기 위해 후속 연구를 했지만, 이들의 시도는 아이젠버그 교수팀의 연구 결과가 확실하다는 것을 증명해주었을 뿐입니다.

신체적 고통을 느낄 때 활성화되는 뇌의 부위와 심리적 고통을 느낄 때 활성화되는 뇌의 부위는 같습니다. 즉, 마음이 아플 때도 뇌의 전측대상회가 활성화됩니다. 또 마음의 고통 또한 경중에 따라 칼에 찔리는 신체적 고통, 살짝 꼬집혔을 때 느끼는 신체적 고통처럼 감정의 크기에 따라 통증의 크기도 달라집니다. '마음이 찢어질 듯 아픈' 것도 맞고, '총 맞은 것처럼' 아픈 것도 비유가 아니라 사실적 표현입니다. 마음을 공부하며 나는 과거 나의 말들이 상대에게 얼마나 상처가 되었을까를 생각합니다.

"별거 아냐. 힘내."
"그깟 거 시간 지나면 괜찮아져."
"아픈 건 이해하는데, 너무 오래는 아파하지 마."

마음 아파하는 사람에게 격려한다며 가장 많이 했던 말입니다. 그런데 이 말들이 정말 상대에게 위로가 되어주었을까요? 교통사고가 나서 사지가 부러져 누워 있는 사람에게 "별거 아니야", "시간이 지나면 괜찮아져"라는 말을 할 수 있을까요? 결국 내가 했던 말들은

"별거 아냐. 힘내." (별것도 아닌 걸 가지고 엄살 부리지 마.)
"그깟 거 시간 지나면 괜찮아져." (호들갑 떨지 마.)
"아픈 건 이해하는데, 너무 오래는 아파하지 마." (적당히 좀 해.)

이런 의미였던 것은 아닐까요? 생각해보면 나는 몸이 아픈 사람과 마음이 아픈 사람을 구분해서 대했습니다. 마음이 다쳐서 힘들어할 때 그것을 이겨내지 못하는 건 정신적으로 나약하기 때

문이라고 생각했습니다. 그까짓 거, 그냥 툴툴 털어내면 그만이라고 말입니다.

우리의 몸은 조금만 긁혀도 쓰리고 아픕니다. 상처가 나면 새살이 돋아나도록 약을 바르고 물이 들어가지 않도록 조심합니다. 그런데 육체와 똑같은 통증을 느끼는 마음은, 보이지 않는다는 이유만으로 방치했습니다. 말 한마디에 상처받기도 하고, 까닭 없이 우울해질 때도 있지만, 약을 처방하기는커녕 마음에 상처가 났는지, 마음 상태가 어떤지 돌볼 생각조차 하지 않았습니다. 타인뿐만 아니라 내 마음에 대해서도 소홀했습니다. 반성합니다.

국제 평화단체인 비폭력대화센터(CNVC)의 설립자이자 교육 책임자인 마셜 로젠버그는 23명을 상대로 다음과 같은 실험을 했습니다. "정말 우울해요. 더 살 까닭을 모르겠어요"라고 말하는 내담자에게 어떻게 응답할지 쓴 다음 쪽지의 답을 하나씩 읽을 때마다 그들이 환자라고 생각하고 자신의 마음이 이해를 받았다고 느낄 때 손을 들라고 했습니다. 23명이 쓴 23개의 답에 손을 든 쪽지는 달랑 3개였습니다. 이 실험에 참여한 23명은 이른바 정신건강 전문가들이었습니다.

놀랍지 않은가요. 정신건강 전문가라는 사람조차 상대를 위로할 수 있는 말을 제대로 할 수 없다는 것이. 로젠버그의 실험을 읽으며 상대의 마음을 이해하고 공감하며 위로하는 것이 얼마나 어려운지 다시금 깨달았던 적이 있습니다.

내가 힘들고 고통스러울 때 듣고 싶은 말이 무엇이었는지, 들었을 때 위안이 되었던 말은 무엇이었는지 생각해보았습니다. 나는 그랬던 것 같습니다.

"얼마나 아프니?"

"힘들지? 그래도 대단하다. 그걸 견디고 있다니….."

이런 말을 들었을 때 위로가 되고, 공감받고 있다는 생각이 들었습니다. 마음을 다친 친구라면 내가 듣고 싶었던 말, 내가 들어서 위로가 되었던 말을 생각해보고, 그 말을 해주면 좀 낫지 않을까요? 아니면 "별거 아니야", "시간이 해결해줄 거야"라는 말 대신 조용히 진통제 한 알이라도 건네주는 것이 더 나을지도 모르겠습니다. 말은 언제나 어렵습니다.

대단한 말의 힘

˙✸˙
✶

    말의 힘은 무섭습니다. 말에는 파동이 있습니다. 어떤 말을 하느냐에 따라 상대에게 다른 기운을 전하는 것입니다. 밥 실험이 있습니다. 똑같은 그릇을 3개 준비해 갓 지은 밥을 담아 똑같은 환경에 둡니다. 첫 번째 그릇에는 '너무 맛있겠다, 감사하다, 예쁘다, 먹고 싶다, 귀하다' 등의 좋은 말을 들려줍니다. 두 번째 그릇에는 아무 말도 하지 않습니다. 세 번째 그릇에는 '꺼져, 미워, 짜증 나, 냄새나, 토할 것 같아, 갖다 버리고 싶어'라는 식의 나쁜 말을 들려줍니다. 한 달 후, 밥을 비교해보았습니다. 한 달 동안 아무 말 없이 그대로 둔 밥은 우리가 집에서 밥을 한 달 동안 방치했을 경우 만큼 상했습니다. 한 달 동안 나쁜 말을 들은 밥은 입자가 다 녹아내려 밥인지 썩은 물인지 알아볼 수 없을 정도로 심하게 부패했습니다. 한 달 동안 좋은 말을 들려준 밥은 어떻게 되었을까요? 믿기지 않겠지만, 누룩이 되어 있었습니다.

이와 비슷한 실험은 여러 가지가 있습니다. 양파로 실험을 하면 좋은 말을 들려준 양파는 줄기가 위로 쭉쭉 싱싱하게 잘 자라는 반면, 나쁜 말을 들려준 양파는 아래부터 썩어들어가 한 달 뒤에는 완전히 썩어 문드러지고 맙니다. 어항 속 금붕어도 마찬가지입니다. 똑같이 10마리씩 넣은 뒤 좋은 말을 들려준 어항 속 금붕어 10마리는 모두 건강하게 헤엄치고 다니지만, 나쁜 말을 들려준 어항 속 금붕어는 10마리 가운데 2마리만 살고 8마리는 죽었습니다.

금붕어나 양파는 물론이려니와 열이 가해진 밥조차 결과가 다른데, 감정의 동물인 사람이라면 어떨까요.

분노한 사람이 뿜어내는 호흡을 모아서 독성을 체크한 실험이 있었습니다. 독성이 코브라와 맞먹었다고 합니다. 우리가 싸울 때 격하게 말을 하는 것은 상대에게 단지 욕을 하는 것이 아닙니다. 코브라의 독성을 가진 독을 뿜어내는 것입니다. 화병이 그렇지 않을까요. 독성이 있는 호흡을 밖으로 뿜어내지 않고 안으로 삭이며 꾹꾹 참다 보니 병이 생기는 것입니다. 사람이 화를 낼 때 진정하기 위해 심호흡을 시키는 것도 체내에 고인 독을 뽑아내기 위한 것이라고 생각합니다.

이처럼 말에는 파동이 있어서 분노하면 상대에게 독을 뿌리는 것이고, 감사를 표현하면 상대는 자양분을 얻습니다. 감사를 한 자로 써보면 느낄 감(感), 사례할 사(謝)이고, 사(謝)를 다시 쪼개 보면 말씀 언(言)과 쏠 사(射)로 되어 있다는 것을 알 수 있습니다.

感謝=感(느낄 감)+謝(사례할 사)

謝 =言(말씀 언)+射(쏠 사)

다시 말해 '말'을 상대에게 '쏘아서(표현)' 느끼게 하는 것이 감사입니다.

부부와 연인이 싸우고, 부모와 자식 간에 불화가 일어나는 이유는 '고맙다, 사랑한다, 장하다, 대견하다, 미안하다, 잘못했다' 같은 표현을 제대로 하지 않기 때문입니다. 그런데 이런 말의 파동을 나 자신에게는 어떻게 들려주고 있을까요.

많은 사람이 다양한 이유로 자기 안에 죄책감을 안고 삽니다. 게으르다, 부모에게 효도를 못 한다, 자식에게 완벽하지 못하다

등등, 그것을 인지하든 무의식중에 품고 있든 은연중에 자책하며 사는 사람들이 많습니다. 이런 마음을 들키지 않으려고 어떤 사람은 분노로 표출하고, 어떤 사람은 중독에 빠지기도 하고, 어떤 사람은 더 잘해보려고 노력하기도 합니다.

내가 암에 걸렸을 때 제일 먼저 든 생각은 내가 벌을 받는다는 것이었습니다. 나만이 아는 무분별한 삶의 조각이 둥둥 떠다니며, 그것들로 인해 벌을 받는 것이라고 스스로 판단하는 순간부터 알 수 없는 죄책감이 나를 옥죄기 시작하여 무척이나 괴로웠습니다. 하지만 심리를 공부하며 깨달았습니다. 그것은 나 자신의 잘못이 아니고, 내 속에 있는 죄책감을 풀지 않으면 마음을 단단하게 키울 수 없다는 것을.

마음을 채운다는 것은, 감사의 말을 나 자신에게 들려주는 것입니다. 그래서 오늘도 나는 좋은 기운을 내게 불어넣어 봅니다. 내 팔로 나를 감싸 안습니다. 그리고 토닥토닥, 속삭여봅니다.

"잘하지 않아도 괜찮아. 부족하니까 사랑스럽지. 지금까지 잘 살아줘서 고마워. 이런 내가 나는 참 좋아. 나는 내가 참 좋아"라고.

말이 힘들면
표현이라도

우리는 "꼭 말을 해야 아나?"라는 말을 많이 하기도 하고, 많이 듣기도 합니다. 내가 남자라서 그런지는 모르겠지만, 남자는 말로 해야 아는 경우가 90% 이상이라고 확신합니다. 여자는 유치해서, 때로는 자존심 상해서, 때로는 말을 하지 않아도 알아주기를 바라서 마음이 상한 이유를 말하지 않는 경우가 많습니다. 그렇게 혼자 끙끙 앓다 결국 엉뚱한 사건에서 폭발하여 서로에게 상처를 주는 경우가 많습니다. 그런데 진짜 모릅니다. 말하지 않으면.

사람은 신이 아닙니다. 독심술사도 아닙니다. 말을 하지 않으면서 상대가 내 마음을 알아주길 바라는 것은 혼자만의 바람입니다. 그래서 나는 계속 아내에게 요청합니다. 아내가 말을 하지 않고 꿍해 있으면 부드럽게 말을 건넵니다. "정말 몰라서 그러는데, 뭐 때문에 마음이 불편한지 말해주면 내가 고쳐볼게"라고. (이때 '부드럽게'가 아주 중요합니다. 말투에 이미 짜증이 섞여 있으면 전혀 효과가 없습니다.) 그러면 적어도 어색한 분위기가 오래가지 않거나 내 잘못된 행동을 온전히 받아들일 기회를 경험하게 됩니다. 그런데 때로는 말보다 더 강력한 것이 있습니다. 바로 상대방을 향한 진심 어린 공감의 행동입니다. 예를 들면 눈빛이나 표정 등입니다.

어느 강연에서 "부부 싸움은 상대의 언어보다는 상대의 말투에서 비롯되는 경우가 많다"라는 말을 들은 적이 있습니다. 우리 부부가 싸웠던 일을 돌아보면 그 원인이 어떤 상황이나 특정 단어인 경우도 있었지만, 대개는 감정이 격해진 나머지 튀어 나온 말투 때문이었던 것 같습니다.

우리는 감정을 말로 전달한다고 생각하지만, 실제 감정 전달의 90%는 몸짓, 눈빛, 표정 등 비언어가 담당합니다. 실연한 친구에게 입으로는 정말 안 됐다고 말하더라도 말하는 이의 눈빛이 차갑거나 다른 일에 주의가 빼앗겨 있으면 상대는 공감하지 못합니다. 이른바 영혼 없는 대응이기 때문입니다. 반대로 장례식장에서 손을 꼭 잡아주거나 안아주고, 같이 울어주면 명복을 빈다는 입에 발린 말보다 더 진심으로 다가오기도 합니다.

배우 김원해와는 몇 편의 작품을 함께 촬영했고, SNL코리아 론칭 때도 함께 활동해 형이라고 부를 만큼 친합니다. SNL코리아 첫 시즌이 끝날 즈음 골육종 진단을 받으며 형과의 연락이 뜸해졌습니다. 몇 달 뒤 갑자기 형이 전화를 해 우리 집을 방문하겠다고 했습니다. 당시 원해 형의 집은 일산(경기 북부)이었고, 우리 집은 수지(경기 남부)여서 차가 막히지 않더라도 1시간은 족히 걸리는 거리였습니다. 내가 암으로 투병 생활을 하고 있다는 것을 뒤늦게 알게 된 형은 그 먼 거리를 주저 없이 달려왔습니다. 그렇게 한걸음에 달려와서는 내 손을 잡고, 내 이야기를 들어주고, 말없이 나를 안아주며 위로해주고, 병원비에 보태라며 돈 봉투까지 건네고 갔습니다. 이 모든 것을 하는 데 20분이 채 걸리지 않았고, 형은 촬영 때문에 떠나야 했습니다. 짧은 시간이었지만, 그 순간은 아직도 내게 강렬하게 남아 있습니다. 그때 형이 해준 위로의 말은 전혀 기억나지 않습니다. 진심으로 나를 걱정해주고, 위로해주고, 아껴주던 형의 모습만 또렷이 기억하고 있습니다.

성경에는 베드로의 장모가 열병으로 앓아눕는 일화가 나옵니다. 왜 몸져누웠는지 구체적인 이유는 나와 있지 않지만, 추측건

대 어부로서 꽤 안정적으로 돈벌이를 하고 있던 사위 베드로가 예수를 만나 제자가 되면서 일을 그만두자 화병이 난 것이 아닌가 싶습니다. 어부로서 탁월한 능력이 있던 베드로가 예수를 만나 어부 일을 그만두고 예수의 제자가 되겠다고 했으니, 장모 입장에서는 예수란 존재가 눈엣가시 같았을 것입니다. 예수는 이런 장모의 집에 찾아와 공감과 동정의 눈빛으로 손을 잡고 기도를 합니다. 그랬더니 그날로 장모의 울화통과 열병은 씻은 듯이 나았습니다. 나는 이 일화가 단순히 예수의 전지전능을 이야기하는 것이 아니라고 생각합니다. 예수는 "어부 일보다 나를 따르는 게 훨씬 나으니까 걱정하지 마시오!"라거나 "얼마나 마음이 무너지겠어요. 그 마음 다 압니다. 죄송합니다" 같은 입장 표명을 하지 않았습니다. 그저 상대방의 아픔에 대한 동정과 위로의 표현을 말없이 전달했을 뿐입니다. 현명한 장모는 그 위로를 받아들여 마음의 상처를 치유한 것이 아닐까요.

투병 생활 중 내게 위로가 되고 힘이 되어주었던 분들이 많습니다. 그중에서도 원해 형이 특히 기억에 남는 것은, 안타까운 마음이 드러난 표정 때문이었을 것입니다. 내 손을 꼭 잡고 말 한마디 없이 나를 살포시 안아주던 그 감촉 때문일 것입니다. 그 이후로 나는 말보다는 손 한 번, 허그 한 번이 낫다는 것을 알게 되었습니다. 말이 어렵다면 진심을 표현하면 됩니다. 때로는 말보다 상대방을 위하는 마음이 더 와닿는 법입니다. 공감과 위로는 이걸로 충분하지 않을까 싶습니다.

이게
어디야?

평소 나는 나 자신에게 어떤 메시지를 보내고 있을까요? 혹시 무의식적으로 계속 부정적인 말을 나에게 들려주고 있지는 않을까요?

많은 자기계발서에서 항상 강조하는 말이 있습니다. 긍정의 마음입니다. 학원에 간다고 말하고 친구와 놀러 갔다 들킨 아들이 부모에게 사과합니다. 이때 "앞으로 거짓말을 하지 않겠습니다"라고 하면 뇌는 '하지 않겠다'라는 말보다 '거짓말'이라는 단어를 먼저 받아들입니다. 이는 말을 하는 사람도, 듣는 상대도 마찬가지입니다. 그래서 뇌는 무의식적으로 거짓말만 되뇌고, 의식이 계속 그 방향으로 향하게 됩니다. 그러다 보니 아들은 '거짓말이라고 생각하는 게 아닐까?' 하며 주눅 들고, 부모는 '또 거짓말 하는 거 아니야?' 하며 의심의 눈길을 보내게 됩니다.

이럴 때는 "앞으로는 잘하겠습니다", "앞으로는 공부를 열심히 하겠습니다"라는 식의 긍정적 단어를 사용해 말해야 합니다. 이것이 바로 이른바 부정의 결심이냐, 긍정의 결심이냐의 문제입니다.

우리는 살면서 '~을 하지 말자'(부정적, 수동적) 혹은 '~하자'(능동적, 긍정적)라는 결심을 반복합니다. 앞에서 이야기한 ACT 이론에서는 전자의 선택을 '죽은 사람의 목표'라고 표현합니다. 화내지 말자, 싸우지 말자, 실수하지 말자, 슬퍼하지 말자…. 이것은 절대로 불가능합니다. 실수하지 않겠다고 다짐하지만, 인간은 실수하는 동물입니다. 슬퍼하지 말자고 이를 악물어도 슬픈 건 슬픈 것입니다. 그래서 부정의 말은 죽은 사람의 목표라는 것입니다. 평소 내가 자주 결심했던 사항을 떠올려봅니다.

탄수화물을 많이 먹지 말자.

늦게까지 깨어 있지 말자.

게으름 피우지 말자.

과속하지 말자.

미워하지 말자.

'~ 하지 말자'는 생각만 잔뜩 한 듯합니다. 살면서 탄수화물을 전혀 안 먹을 수는 없습니다. 일하다 보면 늦게까지 해야 하는 날이 있을 수도 있습니다. 일주일 내내 열심히 살았다면 반나절 정도는 게으름을 피울 수도 있습니다. 결국 나는 죽은 사람의 목표를 세워두고 있었습니다. 똑같은 내용이지만, 이것을 긍정의 결심으로 바꿔봅니다.

몸에 좋은 것을 먹자.

아침에 일찍 일어나자.

열심히 생활하자.

여유를 가지고 살자.

상대의 장점을 보자.

써놓기만 해도 마음가짐이 바뀌고 능동적으로 변한 듯합니다.

JTBC 드라마 「나의 나라」에 "서 있으면 땅이지만, 걸으면 길이 된다"라는 대사가 나옵니다. 영화 「매트릭스」에도 비슷한 대사가 나옵니다. "길을 아는 것과 길을 가는 것은 다르다." 결국 아무것도 하지 않거나 비생산적인 일에 몰두하면 정체되거나 후퇴하게 되고, 긍정의 방향으로 움직이면 그것이 곧 방향이 되고 길이 됩니다.

또 한 가지 생각나는 것이 있습니다. 미국 존스홉킨스대학 소아정신건강의학과 지나영 교수가 이야기한 'have to(해야 한다)'와 'get to(하는 게 어디야?)'입니다. 일상에서 동사 하나만 고쳐 생각해도 매 순간이 감사로 넘쳐나는 마법이 된다는 것입니다.

고지혈증이 있는 내게 의사는 매일 만 보를 걸으라고 했습니다. 이때 억지로 운동화 끈을 매면서 '건강해지려면 나가서 걸어야 해(have to)'라는 마음 자세와 '시간이 있고, 걸을 수 있는 멀쩡한 다리가 있다는 게 어디야(get to)'라고 생각하는 것은 천지 차이입니다.

먹고살기 위해서 일해야 한다.

건강을 위해 운동해야 한다.

주말에는 쉬고 싶은데, 청소해야 한다.

지금 사정이 빡빡한데, 매달 대출 이자를 내야 한다.

마음에 들지 않는 사람이 있는데, 모임에 나가야 한다.

우리의 일상은 수많은 have to로 인해 항상 피곤합니다. 이 일상을 get to로 바꿔봅니다.

먹고살 수 있게 일할 수 있는 게 어디야?

운동할 수 있을 만큼 건강한 게 어디야?

내 몸 하나 뉘고 쉴 공간이 있는 게 어디야?

대출받아 이자를 낼 만큼 여력이 있는 게 어디야?

함께 모여 즐길 수 있는 모임이 있는 게 어디야?

get to로 생각할 수 있다면 한결 마음이 나아지고, 불안과 두려움의 강도가 현저히 떨어집니다. 결국 get to는 감사의 힘이고, 감사는 험한 인생의 멋진 방패입니다. 명사가 아닌 동사로 살기. 그에 더해 긍정의 동사, 감사의 동사로 살기. 만약 그럴 수 있다면 삶은 좀 더 나아지고, 평화로워지지 않을까요.

명사가 아닌
동사의 삶

·☆·

'사랑은 명사가 아니라 동사다. 용서는 명사가 아니라 동사다.'

50년쯤 살다 보면 무얼 보아도, 무얼 들어도 무덤덤할 때가 많습니다. 하지만 간혹 가슴을 훅 치는 말이나 장면들이 있습니다. 어느 목사님의 설교 중 '사랑은 명사가 아니라 동사다'라는 말이 그랬습니다.

생각해보면 사랑도, 친절도, 감사도 가만히 있는다고 실현되지 않습니다. 행동이 뒤따라야 합니다. '사랑한다'는 고백을 받았는데, 평소 다른 친구들에게 대하는 행동과 똑같고, 이전과 다른 점이 하나도 없습니다. 사랑한다면 손을 잡거나 안아주거나 좀 더 세심하게 배려해주는 등 뭔가 달라야 합니다. 사랑한다고 말하면서 행동이 뒤따르지 않는다면 누가 그 사랑을 진짜라고 여길까요? 용서한다고 해놓고선 눈길 한번 주지 않고, 말은 냉담하고, 태도도 싸늘하다면 상대방이 진짜 용서를 받았다고 여길까요?

마음을 품고만 있는 것은 진짜 마음이 아닙니다. 진짜 마음은 고여 있으면 안 됩니다. 고인 물을 오래 두면 썩는 것처럼 뭉친 마음도 풀지 않고 그대로 두면 썩습니다. '내가 너 때문에 속이 썩어 문드러진다'라는 표현은 마음(화)이 흐르지 못하고 단단하게 뭉친 채로 오래 있었기 때문일 것입니다. 마음이 편해지기 위해서는 썩지 않게 해야 하고, 썩지 않게 하기 위해서는 흐르도록 해야 합니다. 흐른다는 것은 곧 움직이는 것입니다. 결론적으로, 마음을 움직이려면 몸이 따라 움직여야 합니다.

우리는 오랜만에 친구나 지인과 전화하면서 이렇게 말합니다. "생각은 하고 있었는데…", "내가 먼저 하려고 했는데…" 그리고 마지막에 끊으면서 말합니다. "언제 밥 한번 먹자." 하지만 그걸로 끝입니다. 물론 정말 전화하려고 했을 수도 있습니다. 휴대폰을 들었는데 갑자기 누가 찾아왔다거나 찌개가 끓어 넘쳤다거나 상사가 일을 시켜서 못 했을 수도 있습니다. 하지만 정말 상대를 생각하는 마음이 있었다면 전화해서 안부를 묻고, 만나서 밥을 먹을 것입니다. 립서비스도 중요하지만, 더 중요한 것은 행동하는 것입니다.

감사도 마찬가지입니다. 감사한다면 생각만 하지 말고 표현해야 합니다. 나를 잘 키워준 부모님이 감사하다면 가만히 한번 안아주고, 가족을 위해 고생하는 남편이 감사하다면 "우릴 위해 애써줘서 고마워"라며 덤덤하게 말해줘도 좋을 것입니다. 아내 덕에 자식 걱정하지 않고 마음 편하게 일할 수 있어서 감사하다면 퇴근길에 꽃 한 송이라도 사다 주면 얼마나 좋아할까요(물론, 돈 봉투를 더 좋아할 수도 있습니다). 연인이라면 "네 덕분에 외롭지 않아서 좋아. 고마워"라는 말 한마디가 서로의 사이를 얼마나 더 따뜻하게 해줄까요. 목사님의 설교를 들으며, 나는 깊이 생각했습니다. 나는 과연 동사의 삶을 살았던가. 감사하며 살았던가.

분노나 걱정과 같은 부정적 감정도 마찬가지가 아닐까 싶습니다. 분노를 안으로 삭이려고 하면 화병이 되고, 걱정을 마음에 담아두고 고이게 만들면 불안이나 우울증으로 확대됩니다. 마음이 편해지기 위해서는 현재 진행 중인 관계의 실타래, 상황의 실타래를 잘 풀어야 하고, 이를 풀기 위해서는 무언가 해야 합니다. 고르디우스의 매듭을 알렉산드로스 대왕이 칼로 내리친 것처럼 말입니다. 베어버리지 않고 그대로 두었다면 매듭은 매듭 그 자체로 영원히 남아 있었을 것입니다. 친구와 싸워서 마음이 무겁다면 다음 날 찾아가서 먼저 화해를 청하고, 프리젠테이션을 잘할 수 있을지 걱정이라면 고민하는 대신 원고를 꺼내 들고 한 번 더 연습해야 합니다. 만약 내가 행동했는데도 결과가 좋지 않다면 (친구가 화해를 받아주지 않거나 프리젠테이션을 망쳤다면) 그것은 나의 손을 떠난 것이니, 전전긍긍해도 소용이 없습니다. 이 간단한 진리를 나는 오랫동안 실천하지 못했습니다.

명사의 삶과 동사의 삶. 우리는 두 가지 삶 중 한 가지를 선택할 수 있습니다. 쉬운 것은 명사의 삶일 것입니다. 그러나 우리의 삶은 가만히 두고 바라만 보는 정물화가 아닙니다. 열심히 페달을 밟아야 돌아가는 활동사진입니다. 열심히 저어야 거품이 더 많이 나는 비눗물처럼, 움직일수록 삶은 더욱 풍성해지고, 더 많은 결실을 맺을 수 있지 않을까요. 움직이면 다이어트도 되니 일석이조인 셈입니다.

자꾸자꾸
비우다 보면

.☀.

나는 물건을 잘 간직하는 편은 아닙니다. 잘 잃어버리고, 잃어
버렸을 때 잠시 아쉬워하긴 하지만, 평정심을 잘 유지하는 편입
니다. 개인적인 추억이 담긴 물건은 간직할 만도 한데, 이사를 자
주 해서인지 별로 가지고 있는 게 없습니다. 그래도 욕심이 많아
서인지 항상 집안에 물건이 가득했습니다. 그러던 중 몇 년 전 유
행한 미니멀라이프 덕에 소유욕이 심플해졌습니다.

정리의 달인들 말을 빌리면 1년 동안 쓰지 않은 물건이나 입지
않은 옷들은 앞으로도 5년 동안 절대 쓰지 않을 물건들이고, 혹
시 몰라서 부모님 댁 창고에 맡겨둔 물건은 어김없이 창고에만

머물러 있을 확률이 큽니다. 달인들의 의견에 크게 공감한 나는 1년 이상 안 읽고 5년 이상 간직해온 책을 인터넷 중고 서점으로 보낸 후 전자책의 세계로 갈아탔습니다. 집안의 물건도 싹 정리했습니다. 독서도 그리 많이 하지도 않는 내가 책장에 책은 왜 그리 많은지… 이 또한 나의 소유욕을 돌아보게 됩니다.

이후 나는 주변을 항상 깨끗하게 정리하려고 노력합니다. 부자를 많이 알지는 못하지만, 부자 중에 지저분한 이미지를 가진 사람은 없습니다. 성공한 사람은 자기 관리가 잘되고, 주변과 일상이 깔끔하게 정리되어 있습니다. 옷도 스타일이 좋고 나쁜 것과는 별개로 항상 말쑥합니다. 성공해서 깔끔해진 것이 아니라 평소의 깔끔함이 성공으로 이어지는 것입니다. 와이셔츠 칼라가 꾀죄죄한 사람에게 좋은 이미지를 가지기는 힘들기 때문입니다. 노숙자 같은 이미지의 부자는 드라마 「오징어 게임」 속 이정재 정도가 아닐까요.

내가 주변을 정리하는 것은 부자가 되기 위해서라기보다 마음을 비우기 위해서입니다. 주변에 물건이 쌓이면 정리가 되지 않고, 생각이 번잡해집니다. 기분도 함께 우울해집니다. 먼지 쌓인 동네 구멍가게가 정감 있다고 좋아하는 사람도 있겠지만, 그것은 추억이나 감정의 문제입니다. 그보다는 정리가 잘되어 있고 깨끗한 편의점을 선호하는 사람이 훨씬 많습니다. 피곤한 몸을 이끌고 퇴근하는데 온통 어질러져 있는 집에 들어서는 것과 깔끔하게 청소와 정리가 된 집에 들어서는 것 중 어느 쪽이 좋을까요? 당연히 후자 쪽이 기분이 좋습니다. 물건 정리가 잘 안 되는 내게 미니멀라이프는 마음을 편하게 하고, 기분을 좋게 유지하는 데 도움이 됩니다.

법륜 스님이 말씀하셨습니다. "우리가 어떤 물건을 소중히 간직하는 이유는 그 물건 자체의 가치보다는, 그것이 상징하는 의미 때문입니다. 하지만 그것의 의미는 물건과는 상관없이 영원히 우리와 함께 있습니다"라고.

자식도 그렇습니다. 아들과 생기는 충돌은 늘 나의 욕심, 내 문제 때문에 시작되었습니다. "내가 나 좋자고 공부하라고 하니? 나중에 사회에 나가서 무시당할까 봐 그러지" 하는 식으로 표면적으로는 철저히 나를 비우지만, 사실은 정반대입니다. 나를 깊이 들여다보면 속이 뻔한 부모의 욕심이자 내 욕심입니다.

'아들을 옆집 아들이라고 생각하고 대하라'는 말이 있습니다. 언뜻 생각하면 맞는 말입니다. 그만큼 화를 억누르고 이성적으로 대하라는 뜻이겠지만, 어떤 상황에 맞닥뜨리면 절대로 옆집 아들이 될 수가 없습니다. 아들은 완벽한 나의 소유물입니다. 물론 물건과 아들을 비교하기에는 무리가 있지만, 그만큼 자녀교육에 있어서는 소유가 아니라 맡겨진 존재라는 공식이 진리에 가깝다는 이야기입니다.

몇 년간 마음 다스리기, 자기계발 도서를 참 많이 읽었습니다. 처음에는 다 아는 내용, 뻔한 이야기, 식상한 지적질이라며 심드 렁해했습니다. 하지만 그걸 참고 읽다 보면 뼈를 때리는 내용이 줄을 잇습니다. 아무리 뻔하고 식상한 내용이라도 내가 그것을 받아들여서 행동으로 옮기지 않으면 진짜 식상한 문장이 되어버 립니다. 문제는 나였습니다.

나는 늘 자상하고, 친구 같고, 늘 나무같이 지켜주고 응원해주 는 아빠가 되고 싶었습니다. 그런데 현실에서는 영락없이 스크린 타임을 검사하고, 숙제를 검사하는, 잔소리 대마왕 '사감 아빠'입 니다. 어릴 때 그렇게도 싫어했던 아버지 모습이 내게도 똑같이 투사되었습니다.

사실 이런 반성은 평소 수도 없이 많이 합니다. 도박중독자의 무한 반복 반성처럼. 하지만 깨달음을 느낄 때 한 발짝이라도 변 화의 걸음을 내디딜 거라고 믿습니다. 비록 성에 차지 않게 속도 가 더디더라도 그렇게 하는 것이 맞을 것입니다. 이 세상에 내 것 은 없습니다. 잠시 빌려 쓸 뿐입니다. 그게 비록 소중한 내 아들딸 이라고 해도 말입니다.

선물이
선물다우려면

우리는 살면서 종종 선물을 주고받습니다. 서로 주고받는 교환식 선물, 고마워서 하는 감사의 선물, 생각지도 못한 사람에게 받는 선물, 행사에 참석한 뒤 의례적으로 받는 선물, 기념일을 축하하는 선물 등 선물의 종류는 참 많습니다.

잘 고른 선물은 나의 마음을 표현하는 좋은 수단입니다. 그런데 선물을 해야 할 때마다 마땅한 아이템이 떠오르지 않아 고민되는 경우가 많습니다. 그럴 때마다 나는 떠올리는 사건이 하나 있습니다.

몇 년 전, 교회 모임에서 사회복지관 관장 한 분을 알게 되었습니다. 그분에게서 사회복지관으로 후원 물품이 많이 들어온다는 이야기를 들었습니다. 마침 이사를 앞두고 있어 집을 정리하던 중이라 쓰지 않는 물건을 중고로 팔기보다 기증하면 되겠다는 생각이 들었습니다.

물건을 따로 모아두고 보니 양이 상당했습니다. 선풍기, CD 플레이어, 색연필 세트, 장난감, 옷, 어린이 도서 등 한 번도 쓰지 않았거나 몇 번 안 쓴 물건을 포함해 새것과 헌것이 반반쯤 섞여 있었습니다. 양이 꽤 되기에 복지관에서 가지고 갈 수 있는지 물어보았지만 시간이 맞지 않아 내가 직접 가져다 주었습니다.

누군가에게 후원했다는 사실 때문에 나름 보람도 느끼고, 뿌듯했습니다. 그런데 며칠이 지나도록 복지관장님에게서 감사의 전화는 고사하고 문자 한 통 없었습니다. 물론 뭔가를 바라고 기증한 것은 아니었지만, 섭섭했습니다. 돈을 받고 팔아도 되는 물건을 나름 생각해서 후원했는데, 솔직히 좀 괘씸했습니다. 생색을 내려고(?), 보낸 물건은 괜찮았냐며, 먼저 문자를 해 감사를 유도했습니다. 관장에게서 답이 왔습니다.

"보내주신 물건은 감사한데, 복지관 직원들이 쓰지 못하는 물건과 헌 옷을 폐기 처분한다고 고생 좀 했습니다. 허허허."

순간 머리가 띵하며, 하얘졌습니다. 충격적이었습니다. 그는 분명히 아무것이나, 쓸 수 있는 물건이라면 감사히 받겠다고 했습니다. 나도 신경써서 고르고 골라 보낸 물건들이었습니다. 반응이 시큰둥한 것은 둘째치고, 그의 무례에 불쾌했습니다. 한동안 분한 마음을 삭이려고 상당한 노력을 기울여야 했습니다.

시간이 한참 지난 후 그 사건을 다시 되돌아보았습니다. 나는 선한 의도로 후원했을지는 몰라도, 물건을 고를 때 복지관 입장이 아닌, 절대적으로 내 입장에서 골랐습니다. 솔직히 오랫동안 쓰지 않았던 물건으로, 갖고 있자니 짐이 되고, 버리자니 아까운 물건을 골라 담은 것입니다. 일종의 폐기 처분이었던 셈입니다. 그리고는 내게 감사 인사를 하지 않는다고 복지관장님을 원망했습니다.

돌이켜보면 내가 받았던 선물 중에도 주는 사람에게 필요 없는 것을 내게 준다는 느낌이 드는 것이 꽤 있었습니다. 후원을 받는 사람이 사회적으로나 경제적으로 어려운 사람이겠지만, 자칫 그들에게 상처가 될 수도 있겠다는 생각을 처음으로 했습니다.

언젠가 강원도에 자연재해로 이재민이 발생했을 때 전국적으로 후원 물품이 산더미처럼 밀려들었지만, 그중 태반이 못 쓰는 물건이어서 그것을 가려내는 데 투입된 인원만 수십 명이라는 기사를 본 적이 있습니다. 나도 그들과 별반 다르지 않았던 것입니다. 다른 사람까지 갈 필요도 없습니다. 가족들에게 주는 생일이나 기념일 선물도 상대방이 아닌, 철저하게 나의 기준으로 했습니다. 특히 아이들에게 책, 책상, 의자, 안경 같은 것을 선물하며 부모의 도리를 다했다고 뿌듯해했습니다.

그 사건 이후 나는 선물이나 후원, 기증할 일이 있으면 절대적으로 상대방을 위해 물품을 고릅니다. 과거에는 복지관이나 어려운 이웃에게 생필품을 보낼 때 부피는 나가면서 가격이 저렴하고 생색낼 수 있는 물건(예를 들어 당면, 설탕, 라면 같은 것)을 보냈다면 이제는 스팸, 참치, 즉석요리식품, 참기름처럼 받았을 때 받는 사람이 기분이 좋을 것이 무엇인지 고민해서 보냅니다. 예산이 부족하면 부족한 대로, 그 안에서 성심성의껏 고르려고 노력합니다. 아이들에게 선물할 때도 내 기준이 아니라 핸드폰이나 에어팟처럼 아이들이 필요로 하는 것을 선물하려고 합니다. 물론 아내와 장시간의 토론과 갈등, 체념의 시간을 거쳐야 하긴 하지만 말입니다.

선물은 마음을 담아 보내는 것입니다. 그래서 더 고민스럽습니다. 그런데 요즘은 모바일로 커피 기프티콘을 보내는, 영혼 없는 선물이 많습니다. 마치 "공짜니, 이거라도 감사한 마음으로 잡쉬!" 같은 느낌이랄까요.

나도 현대인이다 보니 모바일 기프티콘의 편의성을 지나치기는 어려운 거 같습니다.

그러나 적어도 무작정 커피 기프티콘을 보내는 것이 아니라 상대방의 회사 건물 가까이에 있는 커피전문점을 찾아 기프티콘을 보낸다든지, 상대방의 취향을 모를 경우에는 자녀들의 나이에 맞는 것을 검색해서 보내는 등 약간(?)의 수고를 더합니다. 가능한 한 상대방이 진짜 좋아할 만한, 적어도 상대방이 요긴하게 쓸 수 있는 선물을 하려고 신경 쓰는 것입니다. 선물 받을 때도 마찬가지입니다. 상대의 마음이 고맙긴 하지만, 이왕이면 내가 유용하게 쓸 수 있는 선물이었으면 합니다.

이솝 우화 중 '두루미와 여우' 이야기가 있습니다. 여우가 두루미를 저녁 식사에 초대했습니다. 두루미는 약속한 시간에 여우 집에 왔지만, 접시에 담긴 맛있는 음식을 긴 부리로 먹을 수 없어 쫄쫄 굶은 채 돌아와야 했습니다. 며칠 후 이번에는 두루미가 여우를 초대했습니다. 잔뜩 기대하고 갔지만, 여우는 주둥이가 긴 호리병에 담긴 음식을 먹지 못해 군침만 삼키다 돌아와야 했습니다. 이 이야기를 심술궂은 여우가 두루미를 골탕 먹인 것이라고 해석할 수도 있지만, 어쩌면 각자의 입장에서 생각한 탓에 일어난 해프닝이 아닐까요.

일본 출장이 잦았을 때, 거래처 부장이 일본에 갈 때마다 나를 대접한다면서 항상 코리아타운의 유명한 감자탕 가게에 데리고 갔습니다. 그의 목적은 철저하게 나를 기쁘게 하기 위한 것이었겠지만, 나리타공항에 내린 지 3시간도 지나지 않은 나는 감자탕보다는 일식에 더 관심이 있었습니다. 물론 그의 마음을 알기에 늘 감자탕에 볶음밥까지 맛있게 먹었지만 말입니다.

제아무리 상대방을 생각해서 한 선물도 100% 상대방을 만족시킬 수는 없습니다. 그러나 적어도, 내가 싫은 것은 상대방도 그다지 좋아하지 않을 거라는 기본 전제를 가지고 접근하면 적어도 50점 이상은 되지 않을까요.

인생사, 무엇 하나 쉬운 것이 없습니다. 그러나 선물할 여력이 되고, 선물할 상대가 있는 것만으로도 얼마나 감사한 일인지, 내 마음은 알고 있습니다.

나로도
충분하다

*　*★*
　　*

　나는 글재주는 별로 없지만, 말은 참 재미있게 잘한다는 소리
를 많이 들었습니다.「새러데이 나이트 라이브(Saturday Night Live,
SNL)」라는 미국의 장수 버라이어티 프로그램이 있습니다.「새러
데이 나이트 라이브」는 2011년 tvN과 계약을 맺고 'SNL코리아'
라는 이름으로 우리나라에서 방영하기로 결정했습니다. 얼마 후
나는「SNL 코리아」의 총연출을 담당하는 장진 감독에게 출연 제
안을 받았습니다. 당시 영화와 광고를 넘나들며 활약(?)하던 나
는 드디어 장 감독에게 보은(??)할 기회가 왔다고 생각했습니다.
물론 이 방송을 계기로 '연예인 김지경'으로 발돋움할 수 있을 것

이라는 기대와 설렘도 다분히 포함되어 있었습니다.

함께 캐스팅이 결정된 출연진은 배우 정웅인, 김빈우, 장영남, 개그우먼 안영미 등 이름만 들어도 알 만한 쟁쟁한 연예인들이었습니다. 방송은 매주 한 명의 스타를 초대해 그와 여러 콩트를 생방송으로 진행하는 식이었습니다. 시즌 1에 출연했던 스타로는 고 김주혁, 예지원, 김상경, 김인권 등이 있습니다.

생방송, 콩트! 지금껏 한 번도 해보지 못한 경험이었기에 엄청나게 흥분되었습니다. 그러나 연기를 정식으로 배우지 않은 나는 단순한 끼와 재치만으로는 넘을 수 없는 벽이 있음을 실감했습니다. 「SNL 코리아」는 생방송이다 보니 불필요한 애드리브가 불가해서 굉장히 부담스러웠습니다. 그러다 보니 내 연기는 점점 어색해졌고, 생방송이라 실수하면 안 된다는 생각에 점점 위축되어 갔습니다. 드디어 우려했던 일이 터지고야 말았습니다. 3회차에서 대사를 통으로 잊어버려 당황한 모습으로 코너를 끝내고 만 것입니다. 장 감독이 봐도 내가 너무 형편없었던지, 방송이 시작되고 4주 차가 되면서 내 역할은 점점 줄어들었고, 대사가 거의 없는 주도 있었습니다. 게다가 20대 초반의 신인 배우들에게 밀리기 시작하면서 엄청난 자괴감에 빠진 상태로 방송을 했습니다. 8주를 채우고, 시즌 1이 끝났고, 예상대로 나는 시즌 2에 합류할 수 없었습니다.

물론 행복한 순간도 많았습니다. 방송이 아니라면 결코 만날 수 없을 유명 배우들을 만나 배운 것도 많았고, 일주일씩 연습하며 친해지기도 했습니다. 하지만 기대가 컸던 탓일까요. 나 자신에 대한 실망이 너무 커서 연기가 무서워졌고, 연기를 못하는 사람이라는 낙인을 스스로 찍어버리고 말았습니다. 굴러들어온 복을 걷어찬 꼴이었지만, 시즌 1이 끝나고 얼마 지나지 않아 골육종 진단을 받았으니, 인생은 참으로 롤러코스터이자 한 치 앞을 모른다는 게 맞는 말이라는 생각이 듭니다.

10년이 흐른 2021년 초, 잘나가던 유튜브 제작사 대표인 친구의 권유로 유튜브에 출연하기로 했습니다. 실제 내 모습이 아닌 부캐(부캐릭터)라 부담이 별로 없고 재미있을 것 같아 일주일 정도 고민한 후 결정했습니다. 코로나19를 계기로 세상이 급변하고 있던 터라 이것저것 시도해보는 것도 나쁘지 않을 것 같았습니다. 그런데 기대만큼 조회 수가 나오지 않으면서 내가 자신 없는 분야까지 하게 되었습니다. 자신이 없으니 더욱 억지스러운 말과 오버하는 행동을 하게 되고, 촬영을 마친 날 밤에는 부끄러움에 이불 킥을 몇 번이나 했는지 모릅니다. 처음에는 응원해주던 지인들도 점점 '참 애쓴다'라는 뉘앙스로 내게 조언 아닌 조언을 하기 시작했습니다. 주변의 반응과 별개로 내게 맞지 않는 옷을 입고 다니는 것처럼 내내 불편했습니다.

암을 겪으며 인생의 전환기를 맞은 내게는 감사테라피스트, 웃음치료사라는 타이틀이 붙었습니다. 나는 수많은 출연진과 스태프와 함께 영화도 찍고, 광고도 촬영했습니다. 별다른 시행착오 없이 빨리 유명 강연자로 자리를 잡을 것이라고 생각했습니다.

몇 년 전 강연자로 첫 무대를 밟았을 때가 생각이 납니다. 강단에 서기까지 무대는 만만했습니다. 그런데 첫 강연이 끝나고 난 후 나는 1시간 반 동안 무엇을 했는지 아무것도 기억하지 못합니다. 딱 하나, 자리를 채운 많은 사람 중 유독 시큰둥한 표정을 짓고 있던 관객만 떠오릅니다. 준비는 많이 했지만, 전혀 내 페이스대로 이끌지 못한 것입니다.

그날 이후 「미생」이라는 드라마를 보게 되었습니다. 다른 것은 정확하게 기억하지 못하지만, 극 중 이성민이 중요한 프레젠테이션(PT)을 1시간여 앞두고 PT를 하루 미루는 게 낫겠다는 결정을 내립니다. 이유는 '내가 만든 이 프레젠테이션에 나 자신이 납득이 안 되고, 확신이 없다'라는 것이었습니다. 짧은 순간이었지만, 그 장면이 나에게 강연자로서 가야 할 방향을 명확히 보여주었습니다.

『너는 나에게 상처를 줄 수 없다』의 저자인 심리학자 배르벨 바르데츠키*는 "멋진 강연으로 남들을 설득하는 것은 오직 연설자가 자신감을 가지고 얘기할 때, 스스로 재미있어하고 흥미로워하면서 연설할 때만 가능하다"라고 했습니다.

나는 원고를 다시 작성했습니다. 남이 경험한 것 말고, 내가 경험하고, 내가 느끼고, 내가 말하고 싶은 것을 썼습니다. 다시 무대에 올랐을 때 관객의 반응은 둘째 치고, 관객 한 사람 한 사람의 눈이 보이기 시작했습니다. 스스로 목소리에 힘이 느껴졌고, 그 에너지가 고스란히 청중에게 전해지는 것 같았습니다.

나는 착각하고 있었습니다. 웃음치료사는 사람을 웃겨야 한다고 생각했습니다. 그래서 사람들을 웃기기 위해 노력했습니다. 하지만 나는 개그맨이 아니고, 청중들은 웃지 않았습니다. 나는 방향을 완전히 선회해 청중이 다 함께 웃을 기회를 주고, 웃다 보니 참 좋구나, 하는 느낌이 들 수 있도록 강연했습니다.

그런데 유튜브 촬영을 하면서 그 사실을 다시 망각했습니다. 깔끔한 일품요리를 좋아하는 내가 제작사의 목적인 조회 수와 구독자 수를 위해서 몸에 맞지도, 좋아하지도 않는 잡탕찌개를 만

---

* 심리학자이자 심리 상담가. 세계적인 베스트셀러 『따귀 맞은 영혼』, 『너는 나에게 상처를 줄 수 없다』의 저자다.

들면서 동력이 멈춰버린 것입니다. 고민에 고민을 거듭한 끝에
더는 현재의 콘셉트와 캐릭터로는 진행할 수 없다고 이야기했습
니다. 그나마 다행인 것은 나이가 들수록 아니다 싶은 것에는 결
단을 내리는 속도가 빨라졌다는 점입니다.

삶은 수많은 관계로 엮어집니다. 네트워크 세상입니다. 이 속
에서 맘 편하게 살아남기 위해서는 나다움을 유지하고, 나다움을
묵묵히 발전시켜나가야 합니다. 그러다 보면 내가 전하고 싶은
말, 행동들이 진정성 있게 전달되고, 상대의 마음도 움직일 수 있
습니다. 조용하든, 활발하든, 내성적이든, 적극적이든, 성격과는
상관없습니다. 세상에는 분명 내게 동조하는 사람, 이해해주는
사람이 많을 것입니다. 나로도 충분합니다. 그 믿음만 필요할 뿐
입니다.

세상에 쓸모없는
일은 없다

'세상에 쓸모없는 일이란 하나도 없다.'

내가 제일 좋아하는 말 중 하나입니다. 2009년 즈음 영화배우 박중훈이 자기 이름을 건 토크쇼 「박중훈쇼」를 진행한 적이 있습니다. 박중훈은 입담이 좋고 인맥이 넓어 늘 방송사 토크쇼 MC 스카우트 1순위였다고 합니다. 나도 열혈팬으로서 그의 토크쇼를 기다렸습니다.

토크쇼 초반, 기대대로 당대 최고 스타인 장동건, 정우성, 김태희, 안성기, 차태현 등 화려한 게스트들이 등장했습니다. 하지만 기대가 너무 컸던 것일까요? 뚜껑을 열고 보니 여느 토크쇼와 크게 다르지 않았습니다. 「박중훈쇼」는 시청률 저조로 결국 4개월 만에 폐지되며 불명예스러운 퇴장을 맞았습니다. 아쉬웠습니다. 몇 달 뒤 박중훈의 인터뷰를 보았습니다. 「박중훈쇼」를 한 것을 후회하지 않느냐는 기자의 질문에 그는 이렇게 답했습니다.

"내 인생에 아쉬움은 있지만, 후회는 없다. 전투에 졌다고 전쟁에서 진 건 아니다. 요즘은 「박중훈쇼」가 안 된 것을 복이라고 생각한다. 토크쇼가 잘되었다면 배우 이미지가 희석되었을 수도 있다. 덕분에 인생을 더 알게 돼서 환갑쯤 더 좋은 토크쇼로 꽃피울 수도 있을 것 같다."

이 기사를 보며 '역시, 박중훈'이라고 생각했습니다. 실패를 담담하게 받아들이는 그가 멋있었습니다. 내 인생에서도 쓸데없고, 실패였다고 생각했던 순간이 삶의 자양분이 되어 나를 만들었습니다. 성공이든 실패든 많은 경험의 퇴적분이 피가 되고 살이 되어 나를 무르익게 했습니다.

2년여 전쯤 투자에 크게 실패했습니다. 성업 중이던 분당 카페를 정리하고, 새로운 일을 도모할 때였습니다. 분당 카페는 커피

맛도 좋고, 음식도 맛있는 데다 목이 좋아서 사람이 끊이지 않았었습니다. 상점들이 월세를 못 내 난리였던 코로나 전성기에 정리했는데도 상당한 권리금을 받고 넘겼으니 어느 정도로 장사가 잘되었는지는 짐작할 수 있을 것입니다. 그런데 확신을 가지고 투자했던 권리금을 몽땅 날렸습니다.

평생 부유한 적은 없었지만, 남에게 손은 벌리지 않을 정도로 열심히 살았는데, 투자 실패로 당장 목에 거미줄 칠 처지가 되었습니다. 재기를 위해 새로운 일을 시작하며 친하게 지내던 동생'들'로부터 배신까지 당했습니다. 두 번, 세 번, 충격이 이어졌습니다.

충격에 충격이 이어지면서 한동안 무기력증에 빠져 헤어나오지 못했습니다. 평생을 자존감만은 지키고 살았는데, 자존감이 바닥으로 떨어져 지하로 파고들 기세였습니다. 나는 산소 없는 물속에서 입만 뻐끔거리는 물고기였습니다. 아무것도 하지 않아도 질식할 것 같았습니다.

내가 이런 취급을 당할 만큼 그렇게 형편없는 사람인가, 내가 무슨 잘못을 했나, 나는 그동안 내 열정을 바쳐 무슨 헛짓을 한 것인가, 내가 이렇게까지 못난 놈인가, 나는 바보인가… 별별 생각이 다 들었습니다. 내가 생각해도 유치한 상상의 나래가 저절로 펼쳐졌습니다. 웃음? 감사? 내 마음은 단단하게 굳어갔고, 그렇게 시간은 흘러갔습니다.

그러나 세상에는 정말 쓸모없는 일이 없습니다. 심한 열병을 앓고 나자 그제야 무기력한 사람들의 마음을 조금이라도 진짜 이해할 수 있게 되었습니다. 그들에게 아무리 힘내라고, 웃어보라고, 감사하라고 이야기해 봤자 도움이 되지 않는다는 것을 비로소 알게 된 것입니다. 심한 무기력증에 빠진 사람은 달콤한 백 마디보다 따뜻한 밥 한 끼 사주는 것이 훨씬 낫다는 것을, 스스로 마음이 정리되지 않고는 옆에서 아무리 일어나라고 부추겨도 소용없다는 것을 실질적으로 배운 것입니다. 귀한 경험이었습니다.

결국 이 일을 해결하지 못하면 다시 일어설 수 없을 것 같았습니다. 분노와 좌절에 휩싸여 있으니 내가 죽을 것 같았습니다. 내가 선택한 것은 동사의 삶이었습니다. 무기력증에서 나를 건져 올리기 위해 가장 먼저 한 일은 사람을 만나는 것이었습니다. 사람에게 배신당했지만, 사람에게서 다시금 힘을 얻었습니다. 온라인으로 독서 모임을 시작하고, 새벽 모임을 하고, 걷기를 무척이나 싫어했던 내가 건강을 위해 매일 만 보에 도전하면서 마음을 새로이 다지고 있습니다. 언젠가는 내가 겪었던 귀한 경험이 내 삶의 어느 지점, 어느 장면에서 내게 힘이 되고, 기쁨을 안겨줄 것이라 믿으며.

조급한 마음을
버려야 하는 이유

악성종양 제거를 위해 대퇴골 이식수술을 받은 후 뼈가 붙을 때까지 왼쪽 다리에는 힘을 주면 안 되었기에 집에서나 밖에서나 목발을 사용해야 했습니다. 내 뼈가 아닌 남의 뼈이기 때문에 쉽게 붙지 않아 8년에 걸쳐 12시간짜리 똑같은 대퇴골 이식수술을 세 번이나 받았습니다. 다시 말해 10년 가까이 목발 없이는 걷지 못했습니다. 다행히(?) 마지막 수술의 경과가 좋아 뼈가 90% 이상 유합되었습니다.

땅에 발을 디뎌도 통증이 거의 없을 무렵 조심스레 목발을 내려놓고 걸어보았습니다. 걷는 데는 무리가 없었지만, 오랜 기간

목발에 의지해 걷다 보니 눈으로 보기에도 확연하게 차이가 날 정도로 왼쪽 다리 근육이 쇠약해져 있었습니다. 당연히 절뚝거리며 걸을 수밖에 없었습니다. 재활치료사는 10여 년에 걸쳐 근력이 약해진 만큼 회복되는 시간도 그만큼 걸릴 가능성이 크다고 했습니다. 의견이라고 했지만, 그 말은 곧 목발은 없어도 10년 동안 절뚝거리면서 살아야 한다는 의미였습니다.

100세 시대고, 아직 살날이 한참 남았다고는 하지만, 10년은 너무 길었습니다. 처참했습니다. 하지만 당장 내가 할 수 있는 것에 최선을 다하기로 했습니다. 똑바로 걷는 것을 이미지화하며 재활치료를 받는 것 외에도 매일 실내자전거를 타고, 하체 근력 운동을 했습니다. 그렇게 1년 넘게 운동했지만, 왼쪽과 오른쪽 다리의 근력 차이는 좀처럼 좁혀지지 않았습니다. 실망스럽고 지치기도 했지만, 나는 부정적인 생각을 털어내고 긍정적인 생각으로 전환했습니다. 10년을 버텼는데, 다시 10년을 못 버틸 이유도 없었습니다.

어느 날 아침, 일어나 물을 마시러 가는데 문득 발걸음이 가벼워졌다는 느낌이 들었습니다. 통증도 그다지 느껴지지 않았습니다. 어랏, 하는 생각에 왼쪽 다리에 좀 더 힘을 줘서 걸어보았습니다. 거의 절뚝거리지 않았습니다. 혹시나 하는 마음에 거울을 보고 조심스레 걸어보았습니다. 완벽하지는 않았지만, 90% 정도 정상 보행이 가능했습니다. 나는 곧바로 반려견 마리와 함께 산책을 나갔습니다. 거짓말 같았습니다. 내가 목발 없이, 거의 절뚝거리지 않고 걷고 있었습니다. 한발 한발 걸을 때마다 감사한 마음에 온몸이 떨릴 지경이었습니다.

지금도 양쪽 허벅지 근육은 육안으로 알아볼 수 있을 정도로 차이가 납니다. 그래도, 예전 같지는 않지만, 목발 없이 1시간 이상 걸을 수 있습니다. 일반인처럼 완벽하게 걷기 위해서는 10년 이상 걸릴지도 모릅니다. 그러나 나는 이때 확실히 깨달았습니다. 성장은 계단식이라는 것을. '계단식 성장 모델'이란 노력과 시간을 들였음에도 불구하고 전혀 성장이 이루어지지 않는 구간이 존재한다는 것입니다. 어떤 사람은 이 구간에서 스스로 한계를 느끼고 포기하지만, 어떤 사람은 이 구간을 인지하고 이겨냅니다. 다이어트가 그렇습니다. 처음 몇 kg은 살이 쑥쑥 빠지지만, 어느 순간 정체기가 찾아옵니다. 이때 다이어트를 포기하고 원래의 식습관과 생활로 돌아오면 다이어트를 시작할 때보다 더 좋지 않은 요요현상을 맞게 됩니다.

나의 계단식 성장 모델 첫 체험은 대학 졸업 후 일본어를 공부하면서였습니다. 나는 대학에서 원자력공학을 전공했습니다. 이유는 단 하나, 공기업인 한국전력에 입사하기 위해서였습니다. 내가 세운 목표가 아니라 아버지의 바람을 이루려고 한 착한 아들의 마음이었습니다.

대학에 입학하자마자 열심히 영어 공부를 했습니다. 특히 토익 점수를 올리려고 기를 썼습니다. 하지만 몇 년을 공부해도 토익 점수는 700점 후반대에서 더는 올라가지 않았습니다. 매너리즘에 빠진 탓인지, 나의 한계인지 알 수는 없었지만, 1년 내내 점수 변화가 없었습니다. 그러던 어느 날, 어학원에서 한 학생과 일본인 선생이 서로 농담을 주고받는 모습을 보게 되었습니다. 내눈에는 큰 충격이었습니다. 몇 년을 공부해도 원주민과 농담은커녕 대화 한마디 제대로 나누지 못하다니 지금까지 뭘 공부한 건지, 자괴감이 들었습니다.

나는 과감하게 영어를 접고 일본어 공부를 시작했습니다. 일본어는 어순이 우리나라 말과 같고, 어릴 때부터 들어서 익숙한 면도 있어서 쉽게 배울 수 있을 것 같았습니다. 하지만 일본어도 외국어였습니다. 처음에는 동기부여가 되고 재미를 느껴 쑥쑥 진도가 나갔지만, 어느 순간 우리가 쓰지 않는 표현이 나오고, 외워야 할 한자가 어지러울 정도로 많이 나오자 이러다 또 영어 꼴이

되는 것은 아닌지 초조해지기 시작했습니다. 그때 일본어학과를 졸업하고, 일본 대학에서 조교로 일하던 절친이 내게 조언해주었습니다.

"지금이 딱 계단 끝에 와 있는 거야. 다른 외국어는 몰라도 일본어는 계단식으로 능력치가 올라가. 더는 실력이 늘지 않고, 외울 게 많아졌다 싶은 때가 그때라고 생각해."

처음엔 무슨 말인지 이해하지 못했습니다. 그런데 얼마 후 거짓말같이 일본어가 흡사 게임의 레벨 1에서 레벨 4로 상승하는 느낌을 받았습니다. 일본어능력시험 2급을 공부하다 재미 삼아 1급 문제집을 풀었는데 80점이 나온 것이었습니다.

그때부터 일본어 학습의 재미가 배가되면서 드라마와 J-POP 가사를 해석해보기도 하고, 심지어 NHK 뉴스까지 들으며 공부했습니다. 친구가 말했던 계단식 발전을 온몸으로 체험한 것입니다. 결국 나의 최종 목표였던 일본어 스피치 대회에 나가서 입상도 하고, 일본 스태프들과 농담 주고받기는 물론 상대방 얼굴이 보이지 않아 제일 어렵다는 전화 일본어도 거리낌 없이 할 수 있게 되었습니다. 삶도 마찬가지 아닐까요. 어느 순간 내 삶이 정체해버린 듯하지만, 그 순간에도 우리는 성장하고 있습니다. 그런데 우리는 그 사실을 잊어버리고 포기하고 맙니다.

'전문가란 자기 주제에 관해서 저지를 수 있는 모든 잘못을 이미 저지른 사람이다'라는 말이 있습니다. 단 한 번에 성공할 수 있다면 좋지만, 단 한 번의 성공이란 극히 드뭅니다. 결국 실패를 딛고 참고 꾸준히 계속 가야 성공의 끝에 다다를 수 있습니다. 고기도 먹어본 사람이 먹을 줄 안다는 말처럼, 끝이 보이지 않는 계단 위에서 갑자기 찾아오는 레벨 업의 맛을 봤던 사람들은 참고 또 견딜 줄 압니다. 인생도 마찬가지 아닐까 합니다. 딱 한 번, 딱 한 번만 견디면 알 수 있습니다. 그 짜릿한 쾌감을. 내가 장담합니다.

이왕이면 멋지게, 행복하게,
그리고 따뜻하게

백지상태에서 태어나 10년은 세상을 배우는 시기였고, 그다음 10년은 대학 진학이 인생의 전부였으며, 20대 10년은 나의 삶을 찾고, 취업하기 위해 치열하게 방황했습니다. 30대에는 행복한 가정을 꾸렸으며, 일이 술술 풀렸고, 주머니에 돈도 제법 두둑했습니다.

이제는 잘나가는 일밖에 없다고 자신만만하던 때 청천벽력처럼 악성골육종 선고를 받았고, 인생의 황금기라고 생각했던 시간은 브레이크 없는 롤러코스터처럼 골짜기로 내리 처박히는 듯했습니다. 일은 끊어지고, 목발이 없으면 걸을 수 없고, 고통스러운 수술을 세 번이나 견뎌야 했습니다. 가장 진취적이고 열정적으로 일해야 할 40대의 10년은 투병과 재활로 점철된 시기였습니다. 물론 나보다 더 파란만장한 삶을 산 사람도 많겠지만, 죽음의 문턱에서 10년 동안 서성이며 재활하고, 공부하고, 명상하고, 노력하다 보니 많은 것이 달라졌습니다.

나는 현재 웃음과 감사 테라피스트로 활동 중입니다. 10년이라는 투병 생활의 긴 터널을 빠져나온 결과입니다. 천성이 낙천적이고 개그감이 충만한 나로서는 사필귀정인 것 같기도 합니다. 10년이라는 힘든 시간을 보내며 웃음과 감사의 힘을 절실하게 깨달았습니다. 아무리 힘들고 어려운 일이 생겨도 웃음과 감사로 인해 고통과 절망은 희석되고, 삶을 희망과 사랑으로 채울 수 있었습니다. 그것이 비록 죽음 앞일지라도 말입니다.

살면서 죽고 싶다는 생각을 한 번도 해보지 않은 사람은 많지 않을 것입니다. 죽음은 쉽지 않습니다. 자살하기 위해 물에 뛰어든 사람도 막상 물에 빠지고 보면 두려움이 엄습하여 버둥대는 것처럼, "죽고 싶다", "죽어도 여한이 없다"라는 말을 입에 달고 사는 사람도 막상 죽음 앞에서는 생에 집착합니다. 사람마다 다르다고 강변할 수도 있겠지만, 많은 사람이 비슷한 이야기를 합니다.

의학 기술의 발달로 영생을 이야기하기도 하지만, 인간은 누구나 죽습니다. 죽음을 편안하게 받아들이기 위해 준비해야 하는 것도 맞지만, 어차피 주어진 삶이라면 멋지게, 행복하게 살아내는 것도 우리의 몫일 것입니다. 그렇다면 한 번뿐인 삶 가운데에서 우리는 지금, 현재를 어떻게 살아야 할까요? 식상하게 들릴지도 모르지만, 나는 그것이 감사와 웃음이라고 생각합니다. 순간순간, 살아 있음에 감사하고 행복을 느끼는 것, 그것만 잘해도 삶은 지금보다 훨씬 나아질 것입니다.

암 투병 생활을 거쳐 다시금 정상적인 생활이 가능해지면서 내겐 두 번째 삶이 주어졌습니다. 정말 두 번째 사는 삶이라면 변명하고, 거절하고, 후회하고, 분노하고, 미루지 않고, 좀 더 괜찮은 사람이 되어 좀 더 나은 삶을 살고 싶습니다.

뼈 절단 이식수술을 하고 3년 정도 지났을 때였습니다. 암은 나를 피폐하게 만들었다기보다 많은 것을 깨닫게 해주었습니다. 그리고 그 깨달음은 나만 알고 있기엔 너무 아깝고, 아쉬웠습니다. 나의 소중한 깨달음을 많은 사람에게 전하고 싶다는 마음에 스피치 학원도 다녔고, 나름대로 원고도 썼습니다. 이런 나의 열정이 통해서인지, 아니면 나의 깨달음이 세상에 작은 도움이라도 될 것으로 생각해서인지 운 좋게도 아는 PD를 통해 '세바시(세상을 바꾸는 시간 15분)' 출연이 잠정 결정되었습니다. 그런데 세바시 출연이 확정되고 난 후, 교회의 단기선교에 참여했다가 마지막 날 귀가하는 길에 심하게 넘어지고 말았습니다. 넘어지면서 내 귀로 뼈가 으스러지는 소리를 똑똑히 들었습니다. 순간 나는 이어붙인 뼈가 부서진 것이라 확신했습니다. 다행히(?) 부서진 것은 허벅지 뼈가 아니라 발목뼈였습니다. 완전히 뼈가 나가 지방의 대학병원에서는 수술이 불가능하다고 해서 다시 차에 실려 서울의 대학병원으로 옮겨졌습니다. 때마침 휴가철이어서 응급실은 인산인해였습니다. 발목뼈가 으스러진 채 4시간을 대기해야 했습니다. 목발에 의지한 상태라 걸음걸이가 온전하지 않은 탓도 있었지만, 넘어진 정도로 발목뼈가 나가다니, 참으로 황당한 일이었습니다. 아마 계속 사용하지 못한 근육 때문에 뼈까지 약해져 있었던 듯했습니다. 당시 연락을 받고 응급실로 달려온 아내의 원망스러운 눈길은 지금도 잊히지 않습니다.

그럼에도 불구하고 으스러진 발목뼈 수술은 허벅지 뼈를 절단하고 이어붙이는 수술에 비하면 '껌'이었습니다. 허벅지 뼈는 전신 마취였지만, 발목은 하반신 마취였습니다. 허벅지는 12시간에 걸친 대수술이었지만, 발목은 4시간 정도 만에 끝났습니다. 허벅지는 수술 후 혀라도 깨물고 싶을 만큼 극심한 고통이었지만, 발목은 전혀 아프지 않았습니다(물론 하나도 아프지 않았던 건 아닙니다. 비유가 그렇다는 말입니다). 허벅지는 전체 깁스여서 다리를 전혀 쓸 수 없는 것은 물론 화장실도 갈 수 없는데, 발목은 무릎 아래 깁스여서 다리를 굽혔다 폈다도 할 수 있고, 화장실도 갈 수 있었습니다. 이런 표현을 해도 되는지 모르겠지만, 마음이 편안했습니다.

정형 수술을 처음 받는 사람에게 4시간이나 걸리는 수술은 아마 큰일일 것입니다. 여러 가지 걱정으로 마음이 편치 않을 것이며, 제대로 움직일 수 없는 몸 때문에 불편할 것입니다. 하지만 허벅지 뼈 절단이라는 지독한 독감을 겪은 내게 발목 수술은 가벼운 감기 정도에 지나지 않았습니다. 인생에서 겪은 커다란 굴곡은 부서진 발목뼈도, 세바시 출연 취소도 가볍게 넘길 수 있을 만큼 나를 단단하게 만들었습니다.

나는 요즘 다시 연기를 생각합니다. 과거에도 연기에 진정성이 없지는 않았지만, 당시에는 연기 자체의 즐거움보다는 단순히 돈벌이 수단으로만 생각했었습니다. 사업적으로도 꽤 잘나가고 있던 내 속마음에는 '드라마 같은 거 안 찍어도 괜찮아. 돈 벌 방법은 많아'라는 교만한 생각이 깔려 있었던 듯합니다. 하지만 그보다 더 깊은 마음의 기저에는 나를 제대로 직시하지 않은, 인정하고 싶지 않은 두려움이 깔려 있었습니다. 연기를 정식으로 배우지 않은 자신에 대한 불신, 다른 배우들과 비교당할 것에 대한 스트레스, 남에게 지적질당하지 않을까 하는 공포가 있었습니다. 그 때문에 연기를 할 때마다 늘 불안했고, 주눅 들었고, 도망가고 싶었습니다.

이제는 시간이 흐르고, 나 자신이 성숙하며 연기에 대한 새로운 열정을 느끼고 있습니다. 연기가 나라는 존재를 살아 숨 쉬게 하고, 진심으로 내가 연기를 사랑한다는 것을 알게 되었습니다. 어쩌면 책으로가 아닌, 다른 모습으로 독자와 마주할 날이 있을 지도 모르겠습니다.

이 책에서 나는 내가 죽음의 터널을 통과하며 깨달은 것과 그로 인해 변화된 나의 삶을, 상실과 우울의 시대를 살아가고 있는 독자들과 나누고자 했습니다. 극적인 것을 바랐던 독자들에겐 평범한 이야기일 수도 있고, 철학적인 깊이를 바랐던 독자들에겐 얕고 일상적인 내용일 수도 있겠습니다. 그러나 내가 전하고자 하는 것은 복잡하고 어려운 것이 아닙니다. 소소한 일상이 얼마나 아름답고 찬란할 수 있는지, 우리가 그것들을 놓침으로 해서 얼마나 많은 것을 잃어버리고 사는지를 다시금 되돌아볼 기회를 갖고자 했습니다. 부족한 글이지만, 나와 함께 잃어버린 웃음과 감사하는 법을 찾는 길에 끝까지 동참해주셔서 감사합니다.

당신의 마음이 따뜻해지면 좋겠습니다

초판 1쇄 발행 | 2023년 8월 10일

지은이 | 김지경
펴낸이 | 이성수
주간 | 김미성
편집장 | 황영선
디자인 | 여혜영
마케팅 | 김현관
펴낸곳 | 올림
주소 | 07983 서울시 양천구 목동서로 77 현대월드타워 1719호
등록 | 2000년 3월 30일 제2021-000037호(구:제20-183호)
전화 | 02-720-3131 | 팩스 | 02-6499-0898
이메일 | pom4u@naver.com
홈페이지 | http://cafe.naver.com/ollimbooks

ISBN 979-11-6262-058-8 (03810)